# UN CAMINO VARIAS VIDAS

María José Aguayo Bassi

Publicado por Ibukku
**www.ibukku.com**
Diseño y maquetación: Índigo Estudio Gráfico
Copyright © 2021 María José Aguayo Bassi
ISBN Paperback: 978-1-64086-949-3
ISBN eBook: 978-1-64086-950-9

*Dedicado a todos los que disfrutan la vida*

# UN CAMINO VARIAS VIDAS

Desde niña soñaba con el amor verdadero, seguro que por todas las películas que vi y por todos los libros románticos y poesías que acostumbraba a leer. Soñar despierta era algo que solía hacer siempre. Desde mis cuatro años tuve esas imágenes bailando por mi cabeza, el vals con el príncipe de ensueño y el beso del amor eterno; todo ello acompañado del «fueron felices para siempre». Ya más grande, alrededor de los doce años, fueron cambiando las imágenes. No eran princesas de largos vestidos de colores y coronas en sus largos cabellos, ahora, dichas ensoñaciones, se asemejaban más a imágenes cotidianas. Aquellas doncellas ya no vivían en un castillo con grandes jardines llenos de colores vivos y olores cautivadores, sino en una casa con un antejardín como los que vemos usualmente, comunes y corrientes. Se acabaron los carruajes, pero la magia seguía en mis pensamientos.

# PARTE 1
## BORJA

## LONDRES

Somos las últimas que quedamos en el pub del barrio Soho. Ha sido una noche llena de alcohol, risas, recuerdos y llantos junto a mis amigas Catalina y Viviana; es así como damos por finalizado el viaje que me han organizado, una más de las varias despedidas de soltera que he tenido por este compromiso. Cata y Vivi son mis amigas desde niña y, a pesar de haber tenido varias celebraciones por cambiar a un nuevo estado civil, me han invitado a pasar unos días a la capital inglesa, ya que sería la última vez que estaríamos las tres solas, solteras, y eso era motivo más que de sobra para una gran celebración solo entre nosotras. Jamás pensé que me tuviesen esta sorpresa organizada, me avisaron el mismo día que hiciera la maleta ya que partiríamos en unas horas y me llevaron al aeropuerto sin que yo supiera donde iríamos. Estando ahí, me dijeron que era Londres, esa ciudad que desde niña siempre me había gustado tanto.

Llegamos hace tres días y hemos disfrutado de la estadía en todas las facetas posibles; nos hemos quedado en la casa de Sofía, una prima de Cata, quien amablemente nos ha recibido. Recorrimos la ciudad y sus calles, hicimos turismo y fuimos de *shopping* a los pequeños mercados locales y grandes tiendas modernas. También, tuvimos caminatas por varios parques y visitamos varios cafecitos y pubs; ha sido intenso, divertido e inolvidable. Este viaje será uno de esos que llenan de recuerdos que atesoraré en el baúl de mi vida; uno más de todos los que hemos compartido juntas a lo largo de incontables años de amistad.

Será la última vez que estaremos juntas compartiendo las veinticuatro horas, por eso vivimos cada instante con todas las ganas. Hemos llorado, reído y recordado nuestra amistad desde que éramos pequeñas, cuando jugábamos a las muñecas, hacíamos presentaciones de colegio, íbamos a clases de ballet, campeonatos de *hockey*, fiestas de adolescencia, la graduación del colegio, los viajes de estudio, las vacaciones en la playa y tantas otras experiencias que nos han mantenido unidas. Son mis mejores amigas, mis compañeras de aventuras. Hemos madurado y crecido juntas… formando un grupo férreo.

Cata es de estatura normal y delgada, un metro sesenta y algo, de ojos color miel, de pelo medio castaño tirado a rubio, siempre lo ha usado corto, no deja que le llegue más largo que los hombros, desde que la vi por primera vez, siempre lo ha usado igual. Vivi es alta, sobre el metro setenta, muy delgada con los ojos almendrados café claro y el pelo liso castaño bien claro también. A diferencia de Cata a ella siempre le ha gustado usarlo largo y curiosamente es lo mismo, nunca se lo he visto corto. Cada una en su estilo muy llamativas las dos. Siempre les fue bien con los chicos. Nuestro baño siempre estuvo lleno de productos para el cabello, *shampoos* especiales, cremas de peinar, plancha, encrespador, etc. Las dos se lo cuidaban mucho, además eran bien deportistas, estaban siempre en forma.

Tengo, en especial, recuerdos de un verano en Iquique, en el norte de Chile. No conocía el norte y quedé admirada por sus paisajes desérticos y montañosos frente al azul precioso del mar. Las tres pasamos una estadía inolvidable. Estuvimos en la zona franca y compramos varias cosas, sobre todo perfumes y maquillaje. Íbamos a la playa todas las tardes, nos quedábamos hasta la puesta de sol para admirar los tonos impresionantes que tenía desde allí y cuando se escondía el sol quedando una pequeña línea amarilla anaranjada pedíamos un deseo. El clima era muy grato, la temperatura perfecta. Conversábamos de variados temas sobre la arena caliente, nos reíamos, disfrutábamos de esos 16 años donde no teníamos grandes responsabilidades. Las vacaciones eran para divertirse, desconectarse del colegio, hacer amigos, conocer nuevos grupos, gozar de la vida. Nos acostábamos demasiado tarde por las noches y fuimos muchas veces a bailar, recuerdo el nombre de la discoteca con claridad, Pink Cadillac. Allí conocimos a varios chicos, entre ellos, algunos locales con quienes salimos un par de veces, incluso fuimos a la casa de uno de ellos para un cumpleaños, de Renzo, un chico rubio medio crespo de ojos azules, aún recuerdo su nombre.

Los tíos de mi amiga eran socios del club náutico donde salíamos a andar en moto de agua. Se podía ver la hermosa vista de la ciudad desde el mar, éramos osadas en esos momentos, no teníamos miedo al peligro. Me viene un momento a la mente, cuando nos tiramos al mar desde una roca de más de diez metros de altura; esas experiencias las vivimos con amigos de los primos de Vivi durante el verano, quienes nos acogieron con mucho cariño y nos hicieron sentir muy bien. Siempre que se acuerdan y me molestan, por una vez que estábamos en la discoteca y yo llevaba un vaso con trago en la mano, me resbalé cayéndome al suelo, aunque el vaso quedó intacto, sin derramar una gota. También, rememoro cuando Vivi en el viaje de estudios se llegó a hacer pipí de la risa en unas camas elásticas en las que saltábamos en Brasil. Igualmente, una vez que estuvimos en una bailetón y mi amiga ganó estando más de diez horas bailando, aun no sabemos como aguantó tanto rato sin parar, le dábamos agua y cosas para comer, no podía parar sino la descalificaban del evento. Teníamos un centenar de situaciones como estas durante el trayecto de nuestras vidas. Anécdotas imposibles de olvidar.

Esta última noche me han dado de beber más de la cuenta. No es que me hayan puesto una pistola en el pecho. Me siento mareada y me tiemblan las piernas. Han tomado mi celular y han hecho una videollamada a Borja solo para mostrarme por el estado deplorable en el que me encuentro; seguro que debe pensar que estamos las tres locas. Al hablar con él me tira besos, me dice que me ama y que me cuide; justamente en eso pienso cuando vamos saliendo del local, en la suerte que tengo de estar con Borja. Las tres salimos abrazadas cantando el himno nacional de Chile en plena calle de Londres, una escena excéntrica y memorable ¿A quién le iba a interesar nuestra sinfonía nacional? Para ponernos a tono Vivi nos hizo cantar *God save the Queen* mientras nos tambaleábamos en plena calle y las carcajadas inundaban las frías calles de Londres. Seguimos marchando torpe y felizmente. Ambas se reían de toda la lencería que me he comprado para la luna de miel. Me han hecho bromas todo el día, he sido objeto de *bullying* todo el viaje, pero me rio con ellas. Hemos aprovechado el tiempo juntas.

En Madrid hicimos la universidad, lugar que ha sido nuestra casa desde hace más de seis años. Las tres llegamos a estudiar juntas a España. La idea de esta experiencia enriquecedora fue de Cata, quien unos meses antes de salir del colegio comenzó a averiguar las opciones de estudiar fuera de Chile y nos motivó a dar este gran paso de explorar nuevos horizontes. Hemos compartido departamento todo este tiempo, hemos peleado por ropa, porque le sacamos cosas a Vivi sin permiso, hemos celebrado fiestas con el vecino, Nicolás y sus amigos y hemos sufrido penas de amor de las que nos hemos consolado y también retado por algunas malas decisiones tomadas en el camino; siempre hemos permanecido unidas, lo que atesoro enormemente.

Nos conocimos en el Colegio Craighouse de Santiago de Chile cuando éramos pequeñas. Siempre estudié ahí, exceptuando los tres años que pasé en Asunción, Paraguay, específicamente desde los 13 a los 16 años. Al volver a Chile retomamos la amistad que había quedado en *stand by* mientras vivía en las tierras guaraníes. Nunca perdimos el contacto y la distancia reforzó la unión. La amistad logró trascender.

Mis amigas Vivi y Cata han significado mucho en mi vida, ha sido lo más parecido a «*tener hermanas*». Las he tenido que elegir yo misma, ya que la vida no me entregó la oportunidad de tener una compañera en mi familia. Siempre he pensado en la relación que se produce entre hermanas, compañeras de vida, de caminos, alegrías, tristezas. Dicen que el vínculo que las une es eterno, que ayudan a sentir menos la soledad, la culpabilidad y el temor. Pasan a ser maestras y cómplices a la vez, una maravillosa combinación que las une para siempre. Tengo la suerte de tener un hermano a quien admiro muchísimo. Desde pequeño ha sido un chico muy inteligente, apasionado por la computación, muy racional y menos emocional que yo. Es bastante menor, pero nos une el amor fraternal a pesar de llevarnos más de diez años. No compartimos mucho durante mi adolescencia, teníamos mundos muy distintos. Yo estaba terminando la etapa escolar cuando él, prácticamente, la estaba empezando. Varias veces fui a visitarlo al patio de primaria del colegio, me alegraba verlo jugar con sus amigos y correr con total vitalidad, con esa energía tan característica de su hermosa edad. Cuando me fui de la casa a Madrid era un pequeño que estaba comenzando a vivir. ¡Sí!, hemos sido dos hijos únicos. Lo quiero con el alma y ver cómo ha crecido me pone orgullosa, me llena de alegría.

## MADRID

¡No puedo creer que me caso dentro de diez días! Desde niña quise casarme y tener hijos, hacer una familia de la mano de un buen compañero y amante. Tengo sentimientos encontrados, si bien estoy muy feliz, ya que estoy segura de todos y cada uno de mis sentimientos hacia Borja, percibo una extraña sensación de abandono hacia mis amigas. Siempre hemos sido muy unidas. Que decir del tiempo universitario, ha sido inolvidable...pasamos de la casa de nuestros padres a ser las responsables por nuestras vidas en un país nuevo y a kilómetros de distancia. Asumimos juntas riesgos, desafíos, alegrías, decepciones...son miles de vivencias las que tenemos juntas... las voy a extrañar mucho. Aunque estoy feliz de tener un nuevo inicio en mi vida con Borja, ya nos imagino en diferentes y nuevas situaciones. A veces, pienso en cómo será como padre, me lo imagino cercano, juguetón, divertido, motivado en su rol, como si tuviese la misma edad de los niños. Lo he observado jugando con sus sobrinos, unos mellizos de ojos expresivos y sonrientes, pasa a ser uno más, metiéndose de lleno en el juego, disfrutando como un crío. Me encanta verlo en esa faceta.

Cata y Vivi me han acompañado a mi última prueba de vestido para el matrimonio. Desde niña imaginaba como sería... Sí, resultó ser totalmente distinto a esos sueños que tantas veces tuve, un vestido que nunca estuvo en mi mente. Como nos casaremos en la playa he decidido optar por un vestido marfil de fino encaje, con un escote pronunciado en la espalda y un sutil escote por delante. Un *look* de princesa contemporánea en gasa transparente y bordado, mangas y cintura semitransparente y faldón plisado...muy favorecedor. Mi peinado será una media coleta, dejaré suelta mi larga cabellera restante en rizos claros. Tendré una tiara de flores pequeñas color crema y rosa pálido. No llevaré velo, nunca me han gustado mucho y además lo considero demasiado formal para la playa. Después de mucho pensarlo he decidido que el ramo será pequeño, compuesto por florecitas en los mismos tonos del vestido. Usaré un maquillaje suave, muy tenue, quiero ser yo misma. No quiero ser otra persona. No quiero perder mi esencia. Además, deseo que el estilo sea romántico.

Luego de la última prueba hemos ido de copas a un bar cerca de casa. Están tan contentas como yo. Lloramos de la emoción, desde niñas imaginábamos los preparativos del matrimonio de alguna de nosotras. Me ha tocado a mí primero y ellas se alegran de eso. Espero acompañarlas en su momento con la misma dedicación que lo han hecho ellas conmigo, es lo que se merecen.

—Salud por nuestra novia, Vicky. —dijo Cata elevando su copa.

—Creo que este ya es el vigésimo quinto salud—comentó Vivi con la lengua adormilada —. Estoy absolutamente arriba de la pelota, en pedo. ¡Que se case rápido o terminaremos con un coma etílico! —dijo entre risas.

Era verdad que las celebraciones no habían parado desde que Borja me pidió matrimonio. Lo hemos pasado demasiado bien.

La organización a distancia ha sido un tema, se nos complicaron un poco las cosas. Sí, organizar el matrimonio de Madrid a Mallorca ha sido un gran desafío. No es lo mismo estar en el lugar y poder moverte, observar y analizar, que tener que imaginarlo solo en planeación. Además, mi madre desde Chile trata de supervisar los preparativos, se mete un poco más de la cuenta, pero soy su única hija mujer y esta emocionadísima con el evento. Ha sido un poco complicado coordinar todo, pero agradezco su ayuda, me mantiene motivada y muy ocupada, ya que me pide re chequear cada detalle. Aunque ha valido la pena, ya que siempre quisimos casarnos en la playa, era un sueño de ambos. La casa de los tíos de Borja tiene una pequeña playa semi privada, es un lugar de ensueño. Pondremos las mesas con manteles blancos junto a unos especiales centros de mesa. Una cajita de madera de dos centímetros de alto con arena, conchitas y unas velas flotantes sobre un recipiente delgado y largo con piedras y caracolas abajo, la idea es que se vean a través del agua. Habrá hojas verdes y unas pocas flores en tonos pasteles. La decoración completa es estilo marinero que combinado con un toque floral dan un aspecto distinto, más delicado y sutil. Era justo lo que quería.

—Victoria ¿Tienes listo el arreglo de las flores? Tu papá y yo pensamos que es mejor que sea con mesa asignada y plato servido directamente en ella. El *buffet* es siempre un despelote. —dice mi madre al teléfono.

—Mamá, las flores están listas. Ya es tarde para modificar eso... No van a cambiar las cosas ahora. —respondo un poco desgastada.

—Vicky, por favor. Es lo único que te pedimos. Sino llamaré a Borja, él siempre soluciona todo. Tan bueno que es ese niño Vicky, tienes que cuidarlo. —su tono cada vez que hablaba de Borja era dulzón.

—Veré que puedo hacer, mamá...—colgué sintiendo tensión en los músculos.

Después de la conversación me senté con Borja en el sofá. Y, obvio, al final tuvimos que hacerlo como mi madre me pedía.

—Mi amor, qué importa, quien nos hace la comida es amigo de mi madre desde joven, ya he hablado con él. Tranquila, todo estará perfecto. —me tomó de las manos y besó mis palmas con afecto.

—Borja, cómo es que me están cambiando las cosas a diez días del matrimonio. ¿Por qué no me dijeron antes? Sabes que tengo todo controlado. —respondo ya un poco más relajada por su toque.

—Vic, no te estreses por cosas que no son importantes. Cuando me llamó tu mamá me dijo que lo querían así pensando en tus abuelos, ya que son mayores. Dale amor, no te hagas rollos por cosas simples. —me dijo Borja jugando la carta de esa mirada que me mata —. Igual serás la novia más linda. De eso estoy seguro.

—Te amo, Borja. —expresé acurrucándome a su costado.

—Yo más, Vic...—susurró con sus labios en mi coronilla.

Borja es todo para mí. Tres años mayor, es el hombre que me hace feliz. Sumamente empático, cariñoso, preocupado, maduro, alguien capaz de gozar la vida. Además, es guapísimo. Solo un vistazo de él me hace perder la cabeza, su mirada me hace vibrar y enloquecer al instante...pensar en él no me hace ver estrellas sino el firmamento completo.

## UNA CAÍDA QUE CAMBIÓ MI VIDA

Nunca olvidaré como me impactó cuando lo conocí en el edificio donde vivíamos en Madrid mientras era estudiante de cuarto año de universidad. Fue de la manera más estúpida que puede pasar, más impensada y a la vez más natural...todo por estar siempre corriendo, apurada, a contra tiempo para llegar a clases, por tratar de hacer todo a la vez. ¡Sí! bajé corriendo y cerrando mi bolso ¿El resultado? Un tremendo porrazo en el suelo junto a un desparrame de cuadernos y hojas. Justo en ese instante se abrió la puerta principal del edificio. Me clavé en sus ojos, ¡Dios qué ojos! Varios metros sobre mí figuraba Borja con su cabello oscuro despeinado, su cuerpo fibroso, de gran estatura y sus deslumbrantes ojos azules, mirándome y ayudándome cuando no podía pararme sola. Lo vi más alto aún desde el suelo. Ahí comenzó todo...mientras pasaba uno de los peores ridículos de mi vida.

—¿Estás bien? —Dios mío, me quería morir de la vergüenza. Sentía un dolor terrible, mi cara estaba roja, sentía mis mejillas a punto de estallar. Cómo podía ser tan imbécil, era de no creerlo, esto no era una película era yo.

—¡Uy! Estoy... ¡Ah! Más o menos, me he sacado la mierda.

—¡He visto cómo has aterrizado! —no, no, no...era un completo desastre. Me quería meter bajo tierra, correr o perderme, lo que definitivamente no podía hacer, era muy poco digno o, en realidad, digno de una película de comedia.

—¡Te ayudo! —me tomó de la mano con seguridad, me apoyó en su pecho y al tratar de pararme no podía apoyar el pie.

—¡Gracias, pero me duele! —ahí está, lloraba de dolor, de pudor, de rabia por haberme caído tan indignamente.

—¡Esto se ve feo! —ya lo creía, seguro que me veía horrible, de eso no había duda, nada lindo se podría ver en esa situación…tirada en el suelo, un completo desastre.

—No puedo apoyar el pie, me duele mucho. — dije entre llanto de dolor y rabia a la vez.

El dolor era espantoso, no lo podía afrontar con dignidad. Mis lágrimas caían por mis mejillas sin piedad. Me sentía tan estúpida, la vergüenza me consumía.

Desde el primer día Borja había sido un caballero. Tomó mis cosas y me llevó al hospital. Recuerdo que me alzó en brazos para salir a parar un taxi, nunca un chico me había tomado en brazos. En ese momento, a pesar del dolor, sentí por primera vez su olor que lo caracteriza tanto. Me encantó. Olía como el aire fresco y la madera a la que le ha dado mucho el sol, intenso y cálido. Me esperó durante todo el tiempo que estuve en el hospital. Habló con el doctor para saber el diagnóstico completo, le hizo varias preguntas, pidió ver la radiografía y le preguntó por la rehabilitación y los tiempos estimados. Me llevó a casa y fue a comprar los remedios que me recetaron a una farmacia que estaba ubicada a unas pocas cuadras de mi departamento. Ese día tuvo que hacer un cambio de planes…sí, por mí. Se dirigía al departamento de su compañero de universidad, Nicolás, quien era nuestro amigo y vecino. Nunca nos habíamos cruzado, aunque siempre estudiaban en el departamento frente al mío.

—¿Hace cuánto tiempo vives en el edificio? —me preguntó.

—Hace 4 años. —le respondí ya más tranquila, gracias a la pastilla para el dolor que me dio el doctor, fue milagrosa.

— ¿Cómo es que nunca nos hemos visto? Siempre estudio con Nicolás y jamás te había visto. —me miró sorprendido.

—Bueno, Nico es uno de nuestros mejores amigos acá y he ido a varias juntas en su casa. ¿Fuiste a su último cumpleaños? —le pregunté también extrañada.

—Claro que estuve. —sonrió y mi corazón saltó.

—Yo también estuve. Claro es que estaba lleno de gente, por eso quizás no nos vimos. —expresé nerviosa.

—De haberte visto, créeme que me hubiese acordado. —comentó seguro y con una sonrisa ladeada.

Desde ese día siempre estuvo pendiente de mí. Me mantuve en reposo un par de días y con muletas un par de semanas. Pasaba a verme cada vez que iba a estudiar con Nico para saber como seguía. Al principio pasaba un rato corto, luego estos encuentros se fueron alargando y comenzamos a ver películas, me traía comida y chocolates, sobretodo esos *Kit Kat* que tanto me gustan. Ya recuperada salimos más a menudo. Me presentó a su grupo de amigos, fuimos a bailar, a ver obras de teatro. Empezamos a pasar mucho tiempo juntos, hasta que nos enrollamos. Sin darnos cuenta ya estábamos enamorados, para mi no fue difícil darme cuenta, esperaba sus mensajes y sobretodo sus visitas que lograban un cambio de ánimo notorio en mí, es que me alegraba verlo y estar con él.

La primera vez que me besó fue después de una salida al cine, de noche, mientras caminábamos en dirección al departamento que comparto con mis amigas. Lo hizo suave, me acarició la cara, luego me besó la frente, la mejilla y finalmente la boca. Parecía que podía leer mi mente... y yo solo pensaba en tener un beso suyo. Durante unos segundos nos besamos con ternura y placer, fue un primer contacto intenso e inolvidable. Borja y yo nos conocíamos bien, éramos amigos. Nos gustaba pasar juntos días completos, los fines de semana, aunque no había pasado nada más allá entre nosotros. Después de ese beso nunca nos separamos. Fue bueno para la relación el haber compartido antes, siendo amigos. Nos permitió conocernos bien. Jamás pensé que llegaría a algo tan serio. Las cosas se fueron dando mágicamente, en el tiempo indicado, sin prisa, sin apuros ni presiones. Dicen que cuando es la persona indicada las cosas se dan naturalmente, con armonía, los momentos son precisos, fluye todo y eso fue exactamente lo que vivimos.

—Llevaba semanas queriendo besarte. —me confesó con una sonrisa.

—Desde que me viste en el suelo. —le dije entre risas.

—No, no desde allí, pero desde unas pocas horas después...—se rio. Me tomó con fuerza y me volvió a besar, esta vez con más ganas —. Igual debo reconocer que te encontré linda desde que te vi toda aporreada, despeinada y con todas tus cosas desparramadas alrededor.

— ¡Que eres mentiroso! Eso fue lo más vergonzoso que me ha pasado. —mis mejillas se calentaron y con mis manos intenté taparlas.

—Nada de vergüenza, gracias a eso ahora serás mi novia. —me dijo agarrando mis manos en el acto y besándolas.

—¿Novia? —quedé descolocada por su seguridad.

—Sí, novia. ¿Qué más vamos a esperar para estar juntos? Ya hemos compartido mucho y estoy seguro de lo que siento. —sonrió dulcemente —. ¿Tú lo estás? —me miró con ojos esperanzados.

En ese momento comenzamos a ser novios. Con especial regocijo rememoro la primera vez que confesó estar enamorado de mí. Pasó durante un viaje que hicimos a Barcelona, esa ciudad que tanto me gusta. Nos quedamos en la casa de su primo Benjamín, quien compartía un departamento con su novia Agustina. Ambos fueron muy acogedores con nosotros. Hicimos mucho turismo, fuimos a la Sagrada Familia y me sorprendió. Estuve observando el cielo de la basílica por mucho rato, conocimos varios *pubs* y fuimos a bailar. Ellos, Benjamín y Agustina, se caracterizaban por ser una pareja muy alegre, me gustaba la complicidad que noté entre ambos, se notaba cuanto se querían. Durante una salida, solos, al Parque Guell, un parque situado en la parte superior de la ciudad que se identifica por sus jardines y elementos arquitectónicos, junto a una puesta de sol de un día de primavera, Borja me dijo, por primera vez, que me amaba. Yo sentía lo mismo por él, nunca me atreví a decírselo antes, pero en ese momento se lo confesé con algo miedo. Llevábamos cuatro meses juntos. Con ese cariño de siempre me abrazó, me acarició y pronunció esas palabras que me llenaron de un calor interior y de felicidad absoluta. También me dijo que sentía que había encontrado a su compañera para esta vida. Volver a este momento me hace sentir exactamente lo que vivimos en aquel lugar, de solo acordarme mi corazón comienza a latir con intensidad.

—¡Qué vista! —exclamé —. El lugar es impresionante.

—El lugar es lindo, pero estar contigo lo hace más lindo, Vic. Te amo. —exclamó tomándome de la cintura y fijando sus ojos en mí.

—¿Qué has dicho, Bor? —busqué en sus ojos signo de arrepentimiento, pero solo encontré amor.

—Que te amo. Y que agradezco cada día el haberte encontrado en el suelo...—dijo riendo.

—También te amo, Bor. Me da un poco de miedo sentirlo, pero es lo que siento por ti, amor. — Dije llena de emoción.

—No debes tener miedo, Vic. Ven acá que quiero comerte a besos. —me acercó a él y nos fundimos en el beso, lleno de cariño, de sentimientos.

## LONDRES
## UN AÑO DESPUÉS

Salimos a celebrar nuestro primer año de casados a un restaurante de comida italiana. El lugar es romántico, el mantel blanco acompañado de unas preciosas rosas rojas y dos velas pequeñas hacen que sea ideal para la ocasión. Los meses han pasado rápidamente. Con Borja el tiempo no se siente. Ha sido un gran compañero, amigo y amante. Este año fue una completa aventura junto a él. Cada día que hemos pasado juntos lo hemos disfrutado. Tenemos la filosofía de tratar de disfrutar al máximo lo que la vida nos ofrece. Es un hombre inteligente, sabio, ponderado y divertido. Lo amo por como es. Su filosofía de disfrutar al máximo me enseñó a no complicarme por cosas que no son importantes, a ser menos enrollada y esto me ha facilitado la vida. No vale la pena perder tiempo enfocándose en temas que no son importantes.

Como todos en la vida, hemos tenido momentos, lo hemos pasado bien, a pesar de algunos desencuentros, diferencias y una pérdida prematura que nos afectó a ambos, lo que nos causó mucho dolor.

Hemos aprendido, sobre todo, a amarnos como somos. Puedo asegurar que lo quiero tal como es y que él me quiere de vuelta con lo mejor y lo peor de mí.

Su mirada me atraviesa, sus ojos están vidriosos. Siento que me toca suavemente las piernas por debajo de la mesa de manera sutil y con cariño. Él que sabe que me vuelve loca, me conoce tan bien... sabe perfectamente cuales son mis puntos débiles, estoy colada por él.

—¡Vamos a seguir celebrando en la casa, Vic! —puso esa sonrisa morbosa, sexy. Sabe muy bien cómo manejarme—. Deberíamos irnos, ya es tarde.

Borja pide la cuenta. Nos vamos caminando a nuestro departamento en el barrio Paddington en Londres. Me toma de la mano con determinación, salimos del lugar y caminamos a casa. Como un adolescente me abraza y me besa en la calle. Amo sus besos, me hacen sentir viva. Sabe muy bien como dejarme atónita.

—Vic, sabes que te amo, ¿cierto? Contigo aprendí que existe una diferencia abismal entre querer a alguien y estar enamorado. —ante estas palabras me emocioné. Siempre tan cariñoso.

—Yo también te amo, Bor, mucho. —aseguré.

—Vamos Vic, solo quiero llegar a casa para sacarte todo lo que tienes puesto. Estás más que preciosa esta noche. Siempre has sido tan guapa, me encanta mirarte. —sus ojos se iluminaron.

Llegamos a nuestro pequeño departamento, el que hemos arrendado en Paddington desde hace algunos meses. La empresa de ingeniería donde trabaja Borja lo trasladó de Madrid a Londres. Vivimos en una ubicación privilegiada, relativamente cerca del metro y cerca de Hydepark, donde vamos mucho a caminar los fines de semana especialmente. Un sector que combina oficinas brillantes con elegantes casas georgianas. Un barrio precioso, nos sentimos muy a gusto.

Al llegar a casa inserto la llave en la puerta para tratar de abrirla. Mientras, Borja me comienza a abrazar por la espalda, me besa con intensidad en el cuello. Siento su intenso olor, aquel que tanto me encanta, me estremezco y me encanta. Pasando la entrada me sigue besando, nos movemos con bastante dificultad mientras nuestros labios siguen en contacto hasta llegar a nuestra habitación. Nos reímos. En el camino nos fuimos sacando algunas prendas de ropa, casi nos tropezamos, nos tumbamos en la cama. Borja parecía tener un imán que me atraía a él con una intensidad impactante. Sentía su respiración destructiva, mi corazón iba a mil por horas y un deseo pleno, poderoso, potente se abría paso en mi interior. Con su sorprendente habilidad terminó de sacarme lo que me quedaba de ropa, luego hizo lo mismo con él, con lo poco que le quedaba puesto. En ese momento, habló con la voz agitada.

—Podría estar mirándote toda la vida Vic y no me cansaría nunca de mirarte.

Sus palabras me dejaban desconcertada, aunque también me electrizaron. Un calor intenso y abrazador comenzaba a descender mientras se ubicaba sobre mí apoyando el peso de su cuerpo en sus brazos. Me besaba los pechos con delicadeza, hasta juntar nuevamente nuestros labios. Eran besos llenos de pasión, esos que hacen que sientas cada célula de tu cuerpo. Con sus rodillas me abrió las piernas para comenzar con un movimiento lento y placentero, hasta llegar a movimientos más rápidos. Mientras me miraba me tocaba. Comencé a temblar, sentía todo lo que me hacía a gran escala, mi cuerpo lo agradecía. El ritmo de nuestras caderas y corazones estaban sincronizados, era una compenetración perfecta, esa que se da cuando estas completamente enamorado.

Esa noche, después de haber celebrado nuestro primer aniversario, comenzamos a hacer un pequeño recuento de nuestra vida juntos.

Lo primero que Borja comentó fue cuando me pidió matrimonio. Me llevó de paseo por un fin de semana a Toledo, una pequeña ciudad a una hora de Madrid, donde las callejuelas pequeñas hacen soñar. El empedrado de las mismas les da cierto encanto, sobretodo, a los alrededores del Teatro Rojas en la Plaza Mayor. Los monumentos medievales, árabes, judíos y cristianos de la antigua ciudad amurallada hacen fácil el apreciarla, admirarla en su esplendor. En ese precioso lugar Borja me pidió que nos casáramos. Y no me lo esperaba. Desde que lo conocí en esa patética situación algo provocó en mí, hizo mella. Lo amaba con locura, habíamos conversado de algunas proyecciones juntos, pero nada serio, hasta ese día. Ese fin de semana fue de ensueño. Recuerdo como lo besé cuando me lo propuso. Me abalancé sobre él. No le contesté inmediatamente, nos besamos con intensidad. Fue un encuentro salvaje e inesperado que nos llevó rápidamente al hotel donde estábamos, sumergiéndonos uno en el otro.

—Vic ¿Sabes que me haces muy feliz cierto? —sentí como mi corazón se conmovía por sus palabras.

—Bueno, es lo que trato cada día, Bor…Tú me haces feliz a mí. —besé su mejilla.

—Quiero que nos casemos pronto. Ya hemos esperado mucho tiempo… ¿Qué dices, Vic? Eres la mujer de mi vida… quiero tener una familia contigo, varios hijos… Te amo, Vic. —sus ojos brillaban y en ellos se reflejaban mis sentimientos, amor y deseo.

Con emoción recordamos el día de nuestro matrimonio. Celebrado en la playa en la casa de sus tíos de él en Mallorca. Borja recordaba con especial cariño el momento en que me vio llegar acompañada de mi padre en un pequeño bote decorado de flores de color pastel y me recibió dando inicio a la linda ceremonia. ¡Tantos recuerdos! Los familiares y amigos que nos acompañaron, la buena música de la celebración, nuestra noche en ese precioso departamento que arrendó frente al mar. Esas inolvidables memorias del comienzo de nuestra vida de casados las atesoro en mi corazón. Éramos plenos, jóvenes y felices. ¡Cómo lo quería! ¡Cómo lo quiero!

—Vic, te haré una mujer feliz a mi lado. —se veía como un príncipe.

—Ya lo soy, Bor...—posé mis manos sobre su corazón.

—Esta linda aventura está comenzando hoy. Te amo. —expresó besándome hondamente.

¿Y qué decir nuestra luna de miel en Paris? Recorrimos tanto abrazados, disfrutando de la maravillosa «ciudad de la luz». Nuestras caminatas nocturnas por las calles de *Montmartre & Sacré Coeur* y *Champ de Mars*. El navegar en el barquito por el río Sena... ¡De ensueño fue nuestra estadía en la ciudad! Nos sentamos algunas noches a contemplar las maravillas que la ciudad ofrecía. En el borde del río que baña la ciudad, abrazados, acaramelados, proyectamos nuestro futuro: viajaríamos, bailaríamos, tendríamos hijos, dos o tres o cuatro, no lo sabíamos; pero sí o sí seríamos padres. Todas estas planificaciones, las de nuestra vida, sucedieron mientras nuestros ojos se contemplaban con cariño y admiración, junto a la maravillosa Catedral de *Notre Dame* iluminada en la tranquilidad de la noche.

—Se ha cumplido tu sueño de conocer Paris Vic. Recuerdo cuando me contaste cuando te iba a ver mientras estabas en recuperación por la caída y me contaste que no habías venido nunca a pesar de la cercanía —expresó sonriente

—Increíble de verdad, pero mis amigas ya lo conocían entonces priorizamos otros lugares en los que ninguna había estado — dije pensativa.

—Claro se fueron a puras partes donde podían pasarlo bien en vez de hacer turismo cultural, Ibiza, Islas Griegas, Niza — dijo poniéndome a prueba.

—Este lugar estaba reservado para la luna de miel contigo, lejos la mejor opción — exclamé pícara y lo besé, es que era cierto estaba reservado.

El día de mi graduación universitaria cuando me regaló a Pepa, nuestra perrita Shih Tzu. Estaba dentro de una cajita decorada con una rosa roja y unos hoyitos por lo que pensé que podría ser un conejo, pero no, era mí Pepa que sigue con nosotros hasta hoy, con su alegría e incondicional compañía.

—¿Qué es esta cajita tan linda? —acaricié la tapa con agujeros.

—Algo que sé que te hará feliz, Vic. Nuestro primer amor…— respondió destapando la caja. Una hermosa perrita asomó su cabeza.

Cuando llegué a casa, en Madrid, un día laboral como cualquier otro, cansada, con hambre y, sobre todo, con ganas de estar con él, me sorprendí al abrir la puerta y ver una decoración especial con unos globos azules, rojos y blancos, acompañados de un cartel que anunciaba «We are going to live in London». ¡Una completa sorpresa para mí!, nunca me contó de la alternativa a la que se había postulado. Él sabía que lo acompañaría donde fuera en esos momentos de nuestra vida. Me conocía demasiado bien. Tomaba riesgos por ambos. Aún no teníamos niños, había que aprovechar las oportunidades que se presentaban. Este evento inesperado me hizo inmensamente feliz, no lo podía creer. Siempre quise vivir en la capital inglesa. Londres siempre fue de mis ciudades más admiradas, esta posibilidad era cumplir un sueño que jamás imaginé.

—¿Por qué no me lo has contado antes, Bor? —pregunté desconcertada.

—Porque sé que te encantaría la idea ¿O no? ¿Lista para navegar por el Támesis y conocer las bellezas de Reino Unido? —exclamó tan entusiasmado que reí.

—Contigo voy feliz a cualquier parte. —le contesté.

—Debemos aprovechar que aún no tenemos una familia numerosa. Después no será tan fácil movernos, Vic. —comentó con la mirada perdida en sus sueños.

Recuerdo nuestra primera visita a Londres. Queríamos elegir donde vivir. Qué bellas caminatas hicimos en esa ciudad durante la noche… pasamos por el iluminado Parlamento, el *Big Ben*, el puente de *Westminster* y el *London Eye*. Contemplamos el río Támesis. Es inolvidable, arquitectónicamente en ella se mezclaba el pasado con la modernidad. Y, además, es entretenida, cosmopolita, intensa. Recorríamos el mundo y nos vencían los sueños. Otra vida. Otra historia.

Luego de estos lindos recuerdos recorridos, estando abrazados, sintiendo su respiración y sus piernas entrelazadas a las mías, nos venció el sueño y nos quedamos dormidos.

Después de la romántica e íntima celebración de nuestro primer aniversario, en el que prácticamente no salimos de las sábanas, volvimos a nuestras realidades, sumergiéndonos en el día a día. Ahí, enfrascados en nuestros mundos, no podíamos ver lo realmente importante. Siempre es así. No somos capaces de entenderlo y muchas veces nos dejamos llevar por la vida sin ponerle límites a la corriente. Es como si una máquina te agarrara y no te soltara. A veces, añoraba los años de pregrado donde la única responsabilidad era estudiar. Teníamos más tiempo, era otra etapa de la vida, había sido muy feliz.

Afortunadamente había recibido una educación con bastante inglés. Pude insertarme en el mercado laboral de Londres solo después de unos meses de haber llegado a vivir a la ciudad. Mis estudios de Administración de Empresas y Finanzas me permitieron trabajar en una constructora, puntualmente en el departamento de finanzas de la empresa. En esta área trabajábamos cuatro personas, Alice, Emma, Eugenia y yo. Dependíamos de la Gerente de Finanzas.

Desde el comienzo tuve muy buena relación con mis compañeras de trabajo. Alice y Emma eran inglesas, Eugenia era latina, colombiana, aunque llevaba viviendo en Inglaterra desde que tenía 16 años, juntas lográbamos armar un gran equipo, por lo que, además de trabajar, fuimos construyendo una amistad importante.

Alice, una chica de mirada dulce, bajita de ojos color miel y cabello castaño estaba casada con Duncan un chico colorín y bien alto. Acostumbraban venir a casa los fines de semana, aún no tenían hijos por lo que estábamos en condiciones bastante similares.

Emma, una chica menuda de pelo bien crespo y ojos verdes junto a su novio Peter, un chico rubio de contextura delgada y de pelo oscuro, eran más jóvenes, compartimos pocas veces con ellos, ya que ella solía viajar mucho los fines de semana e incluso algunas semanas se unía al beneficio del *home office* para estar en York junto a él.

Eugenia, una chica de ojos café de pelo castaño corto y liso hasta los hombros, de mirada dulce y sonrisa cautivadora, estaba en la misma condición que yo, casada con Mateo, un chico no muy alto moreno de ojos marrones con pestañas largas y espesas, también español. Justamente con ellos compartimos la mayor cantidad de tiempo en Londres, nos acompañábamos y nuestros maridos se llevaban muy bien.

Borja y Mateo comenzaron a jugar tenis los fines de semana. Con Eugenia estábamos felices ya que estábamos seguras que les haría bien liberar tensiones después de tanto trabajo. Ambos tenían muchas responsabilidades y tenían bastante estrés laboral, a pesar de eso, nunca se quejaron. Entablaron rápidamente una amistad, no fue difícil: ambos eran ingenieros, tenían bastantes temas en común. Junto a Eugenia y Mateo nos dedicamos a recorrer el Reino Unido, aprovechando cada oportunidad que existía, feriado o vacaciones, nos planificábamos para conocer una nueva ciudad, un nuevo lugar. Teníamos sed de aventuras. A pesar que Eugenia era prácticamente inglesa su marido no lo era y se apuntaban a todas las actividades.

Dentro de nuestros recorridos viajamos a Edimburgo, Escocia. De allí recuerdo la amabilidad de la gente, el acento particular utilizado al hablar, la belleza de la ciudad rodeada por sus montañas, sus maravillosas vistas, especialmente la del Castillo de Edimburgo que se ubica sobre un macizo de roca volcánica que permite tener una panorámica extraordinaria de la ciudad…. La magia de los gaiteros vestidos con su *kilt* tocando en las calles, hacen que se transforme en un lugar majestuoso, que te transporta a tiempos pasados, logrando soñar con mujeres de trajes largos que por sus calles van acompañadas por un elegante señor del brazo. Mi imaginación pudo volar en ese lugar. Es una ciudad bastante más pequeña y más tranquila si la comparamos con Londres, pero tiene algo especial que hace que te cautive. Su construcción, por ejemplo, principalmente es de piedra, un estilo medieval que se mezcla con los edificios neoclásicos de la ciudad moderna. En este viaje nos quedamos en un *bead and breakfast*. Probamos el famoso desayuno escocés, un plato bastante pesado, que lleva vienesa, huevos, porotos, tocino, tomates fritos, champiñones y tostadas, realmente un desayuno de campeones. Aprendimos un poco del *Whisky* o *Whiskey*, término gaélico «uisge beatha» que significa «agua de vida». Se elabora a partir de granos fermentados y posteriormente destilados que se añejan en barriles de madera tradicionalmente de roble. Es un *must*.

—Este desayuno está perfecto, y el tour del *Whisky* de ayer me ha encantado. —comentó feliz.

—Este desayuno para mi es demasiado pesado, pero la ciudad me ha encantado… ¿Te podrían mandar a trabajar acá? —pregunté ansiosa, me había fascinado esa ciudad y su gente tan amorosa y colaborativa.

—No creo Vic, pero nunca se sabe. Es la gracia de la vida…

Viajamos a Irlanda y en Dublín recorrimos tres días. Aprovechamos un fin de semana largo y aún recuerdo… como si fuese hoy lo asombroso que era descubrir el mundo y los nuevos lugares que se nos presentaban con Borja. Siempre tan agradecido, con una capacidad para maravillarse por todo y tan fácil de hacer feliz, un alma joven. Su mano me acariciaba con cariño mientras caminábamos juntos por la fría ciudad irlandesa y hacía que mi calor interno permaneciera. La encantadora ciudad está ubicada en la costa este del país, en la desembocadura del río Leffey. Visitamos el castillo de Dublín, la catedral de San Patricio, la cervecería Guinness, entre otras cosas. La capital es muy acogedora. Las melodías que sonaban en sus pequeñas calles la hacen tener un aspecto especial; la música *folk* es la que más escuchamos. Nos quedamos en un hotel cerca del famoso *Temple Bar*, una de las tabernas más famosas de Irlanda, que está ubicado en el barrio llamado de la misma manera. Sector de calles de adoquines que junto a sus *pubs* ofrecen música folclórica en vivo y *sets* de *DJ*. Los comensales asisten a los restaurantes de cocina asiática, irlandesa y estadounidense. Especiales boutiques ofrecen ropa y artesanías de diseñadores locales.

—¿Qué es lo que más te ha gustado de Irlanda, Bor? —le pregunté después de nuestro viaje.

—La cerveza pues…el tour de *Guiness*. Algún día tendremos una cervecería artesanal —reímos juntos con tantas ganas. Siempre fue un sueño, estaba segura que lo cumpliría.

La vida con Borja era tranquila, me sentía querida, protegida. Junto a él no tenía miedo, soñábamos juntos sabiendo que solo el cielo es el límite. Me entiende, me contempla mientras mis ojos lo contemplan a él, sabe cómo tocarme para expresar lo que siente, hablamos a través de las miradas, es algo que va más allá.

Hemos disfrutado esta oportunidad de vivir en Londres. Hemos viajado por los alrededores, asistido a obras de teatro y musicales, visitado museos. Nos hemos empapado de su cultura, además de disfrutar en otros aspectos que nos ofrece. La vida nocturna, por ejemplo, es muy diversa y hemos conocido sus barrios, sus restaurantes, sus calles de noche y de día.

## MADRID

Gozamos la experiencia de vivir en Londres por dos años. La vuelta a Madrid fue bastante sencilla. Ambos volvíamos a un lugar conocido, no lo habíamos dejado hace mucho tiempo, eso nos ayudó. La empresa le ofreció a Borja una excelente alternativa, no se podía negar, realmente era un avance para su carrera. Volvimos a estar cerca de la familia, con quienes compartimos constantemente, lo mismo con Vivi y Cata, quienes trabajaban en esta ciudad y habían armado su vida aquí, en Madrid, además ambas estaban emparejadas con españoles.

Alquilamos un departamento muy cerca de donde vivíamos antes de irnos a Londres. No quisimos cambiar de barrio. Nuestro hogar es pequeño y acogedor, le doy vida a través de mis plantas. Son todas de distintos tamaños. Lo hemos decorado con todo cariño. No tenemos muchos muebles y adornos, pues cada cosa que escogemos para la casa tiene una historia, lleva una parte nuestra impregnada. La sala es pequeña, tiene un rincón con varias fotografías, un sofá *beige* con cojines de colores que le dan vida, una repisa pequeña llena de libros que proporcionan aventuras, la muralla pintada de color amarillo claro entrega optimismo y, por último, los dos cuadros colgados de mandalas cuyos «círculos» que representan la unidad, la armonía y la infinitud cierran el panorama. Además, las velas sobre la pequeña mesa de centro entregan la pasión, la llama que nos mantiene juntos.

—Vic, este departamento ha quedado más lindo que el de Londres. Tu gusto en la decoración se ha ido reforzando muchísimo. —comentó mientras tocaba con sus ojos todo lo que había su alrededor—. No creo que estemos mucho tiempo acá, Vic... pronto crecerá nuestra familia —sonrió soñador.

Mi trabajo en la capital inglesa me aportó enormemente, no solo técnicamente o intelectualmente, sino que también, me permitió ver más allá, me entregó una visión más amplia, lo que agradecí. Al volver comencé a buscar opciones. Entré a trabajar gracias a Cata quien presentó mi hoja de vida en la empresa de consumo masivo donde ella se desempeñaba. Me fue bien en el largo proceso de selección, me hicieron algunos *test* psicológicos, más varias entrevistas con gerentes de distintas áreas. Este largo proceso, en algún momento, me hizo dudar de mis capacidades, sin embargo, siempre tuve el apoyo incondicional de mi marido, quien día a día me incitaba a asumir riesgos y quien confiaba más en mis capacidades que yo misma. Estoy feliz en el departamento de finanzas de la compañía. Tengo muchos desafíos y proyectos y me encuentro aprendiendo de un rubro nuevo en el cual nunca había estado. Pasé del área de la construcción al consumo masivo, una empresa de gaseosas, que es un mundo nuevo para mí.

—Siempre supe que ese cargo era tuyo, Vic. Eres empeñosa e inteligente, la mujer perfecta. Estoy orgulloso de ti. —besó mi frente.

—Gracias, Bor, estoy muy contenta con el nuevo desafío. —le contesté rodeando su cuerpo con mis manos.

—Lo harás espectacular, no me cabe ninguna duda. Ven acá preciosa, vamos a celebrar como corresponde. —dijo sonriente.

Es un viernes 31 de enero, como cualquier día. No tengo muchas ganas de levantarme. Afuera está lloviendo, se siente el viento soplar con tal intensidad que zumban las pequeñas ventanas de nuestro departamento. Estoy demasiado cansada, estos meses de aclimatación a mi nuevo trabajo han sido bastante demandantes. Nuevas caras, sistemas, procesos, cultura y reportes han hecho que tenga que entregar una gran cantidad de horas y concentración.

Al levantarme veo que Borja ha dejado una tostada junto a vaso de jugo en la isla de la cocina y el café listo para tomarlo, junto a un papel, bien a la antigua, que solo tiene escrito dos palabras, sí, dos: *Te amo* ¡Es para amarlo, realmente, siempre tan cariñoso y preocupado! ¡No para de sorprenderme! Siempre se las arregla para hacer algún detalle nuevo, sabiendo que quedaré encantada.

Camino hacia la oficina con bastante frío en un día de fuerte y helado viento que se deja caer por Madrid. Aunque voy lo suficientemente abrigada, Madrid está más frío de lo normal. No hay otra palabra mejor para definirlo, no hay ropa que aguante este frío que cala los huesos. Me siento mejor al entrar al edificio y al sentarme en mi escritorio ya entré en calor. Abro mi *notebook* junto a una planilla *Excel* con todo el «mix de productos» que manejamos para hacer un análisis detallado y armar un reporte que me ha pedido mi jefa. Mientras me intento concentrar veo a Cata, mi amiga, quien trabajaba en *Marketing*, entrando a mi pequeño cubículo. Me toca la espalda con cierta inseguridad, lo noto en su tacto, no hay nada bueno en esta señal. Al darme vuelta en mi silla y verle la cara supe que algo malo pasaba. Mi amiga me mira con lágrimas en los ojos, estaba notablemente afectada y con voz baja me habló.

—Tenemos que irnos al hospital, se trata de Borja.

# PARTE 2
## VICTORIA

## El dolor más grande

Sentí pavor, me estaba ahogando. Ella me tomó y me llevó del brazo con firmeza y, sin recordar el recorrido, llegamos al hospital. Al entrar, me dieron la peor noticia de mi vida. Borja ya no estaba con nosotros, ya no estaba conmigo. Borja murió, así de un momento a otro, un ataque fulminante, sin ningún aviso, sin señal perceptible a mis ojos. Me dejaba sola, yo quería ir con él ¿Cómo puede pasar esto siendo tan joven, deportista y sin ninguna señal previa? ¿Por qué? ¿Qué voy a hacer sin él? Jamás pensé que algo así me ocurriría, no estaba en mis planes, ni en los miles de sueños que teníamos. No podía ser verdad lo que estaba viviendo, seguro era una pesadilla o una película horrible. Un mal momento que debía tener solución. Estaba ocurriendo, había ocurrido, mi Borja ya no estaba junto a mí. Yo no seré capaz de avanzar sola en esta vida, él siempre fue mi puntal, mi energía, mi fuerza. No puedo estar sin él, no soy nada sin Borja.

Mis lágrimas no cesan mientras me llevan a verlo. Es precioso, lo abrazo, lo toco, lo acaricio, su cara, cabello, manos, le beso la frente y sus mejillas. Está frío y lo amaderado de su perfume ya no se desprende de su cuerpo. Desconsolada sollozo sin poder parar sobre el pecho de mi maravilloso y amado marido. Su corazón está en silencio. Mis piernas tiemblan, mis manos se humedecen, siento que estoy mareada, me duele el corazón, me siento como una pequeña asustada, llena de pavor. Mi amiga Cata me abraza mientras estoy encima del pecho de Borja inundada en un mar de lágrimas. No soy capaz de asimilar lo que ha sucedido. Mi estado no cambia, aunque no paro de llorar, estoy ausente como si viera todo lo que pasa desde afuera. No puedo asimilar que es mi marido, aunque lo vea allí y este llorando encima de él, de su cuerpo. Mi boca está seca, mis mejillas están mojadas, mi cuerpo no me responde. No soy capaz de pensar, se me mueve todo a mi alrededor, estoy muriendo, no puedo estar sin Borja, siempre ha sido mi norte, mi apoyo, mi todo, lo amo con toda mi alma.

Luego de este inesperado y terrible impacto, me entregaron la billetera que llevaba, su teléfono móvil, su reloj, su llavero, donde estaban las llaves de nuestra casa, la credencial de la empresa y su argolla de matrimonio. No sé cómo recibí las cosas. Mi amiga las guardó en una bolsa y luego en mi cartera. Yo seguí inmóvil, sin procesar nada. Cata se hizo cargo de todo. Agradezco no haber estado sola en esos momentos.

Pasan las horas. Yo acaricio tus cosas, tomo el reloj, te veo gesticulando alegre con él en tu muñeca y tu camisa arremangada, el celular me recuerda tus conversaciones frente a la ventana. Tu perfil. Varias veces pensé que me gustabas más de perfil que de frente: tu nariz respingada en la punta me enloquecía, te contemplaba... cómo me gustaba observarte... comprobaba lo buenmozo que eres, que eras... la credencial de la empresa me lo confirma. Me enamoré de ti apenas te vi.

Luisa, la madre de Borja, quien ha sido muy cercana a mí desde el día en que por primera vez fui a su casa, está destrozada. Estamos las dos iguales. Nos abrazamos sin encontrar consuelo. Seguro somos las dos personas que más lo amamos en este mundo. ¡No! ¡Yo soy la persona que más lo ama! Nadie lo ha amado como yo lo hago. Éramos un equipo, nos entendíamos tan bien, era mi razón de vivir, me impulsaba a asumir desafíos, riesgos, confiaba en mí, lograba que sacara lo mejor de mi persona. ¿Qué haré sin él? Mi pecho se me aprieta. Este dolor es lo más punzante que he experimentado en mi vida. No puedo respirar ni mirar con claridad lo que está pasando en estas cuatro paredes; no puede ser real. Su madre, desconsolada, me habla. Su voz es inquietante, se retuerce de dolor en los brazos de su hijo mayor quien la abraza y quien termina, literalmente, sosteniéndonos a ambas para que no caigamos al suelo de dolor.

—Vicky, nunca lo vi más feliz que contigo a su lado. —Las palabras de Luisa no dejaban de pasar por mi cabeza. Me estaba muriendo yo también.

—Luisa, mi vida junto a Borja fue maravillosa, tuve demasiados momentos de alegría, me hizo muy feliz, solo que… duró muy poco. Tu hijo era todo para mí.

—No sé cómo saldremos adelante, Vicky. Solo con la ayuda de Dios. ¿Sabes que siempre seremos tu familia cierto?

—Si, Luisa, gracias. Borja es parte de ustedes, estaremos cerca.

Apenas podía hablar. Alcancé a decirle un par de palabras a mi suegra, que estaba sufriendo horrores. No podía dejar de pensar en lo que se habla respecto a la muerte de un hijo, que no hay nada peor para una madre, que no es la ley natural de la vida. Lo pienso, pero no creo que pueda existir un dolor tan extenuante e intenso como el que estoy sintiendo en estos momentos. Es como si me sacaran el corazón a pedazos, sin anestesia, a sangre viva.

Entro a casa junto a Cata, ella abre la puerta con mis llaves. Pepa se me acerca con todo su amor como siempre, me mueve la cola, salta a mis pies. La pequeña cachorrita no sabe lo que ha sucedido. Me mira, me acompaña mientras camino media desorbitada. Al llegar a nuestra habitación, me siento en nuestra cama en el lado de Borja. Tomo su almohada y su pijama, los huelo, el olor tan característico aún permanece, ese cálido olor que me ha acompañado, me ha dado seguridad. Una punción en el pecho me vuelve a estremecer. Me pongo sus cosas al pecho llorando intensamente sin poder parar.

Mis ojos, desbordantes como cascadas, se fijan en una fotografía del día de nuestro matrimonio. Toda la ilusión se ha hecho mil pedazos ¿Por qué me dejaste Borja? Estábamos caminando y nos quedaba tanto por recorrer.

Hoy es su funeral. *Moments In Love* de Art Of Noise resuena en el ambiente. Mis padres y hermano han llegado desde Chile, lo han logrado hacer en pocas horas. No sé cómo han conseguido pasajes, seguro les ha costado un dineral. Mi madre me habla tratando de ayudarme, pero no hay nada que pueda llenar el vacío que siento, no hay palabras que puedan ayudarme en estos momentos o que permitan que avance un pequeño peldaño, no las hay o no existen. Mis amigas me abrazan, tratan que coma algo, pero yo no puedo, no me pasa nada por la garganta. La comida dejó de tener gusto. La vida completa ha dejado de tener sentido, «*se ha parado*». En absoluto estado de desconcierto y tristeza me asomo por la ventana de nuestro pequeño departamento de Madrid, observo la calle, la gente camina rápidamente, una pareja va de la mano, una anciana pasea a un perro, un tipo va con un café en la mano. Se siente el ruido de los autos que frenan y luego vuelven a partir, una madre camina con dos pequeños de la mano, los mozos del bar de enfrente atienden al público que disfruta de una buena velada. La vida allá fuera sigue y yo… estoy pereciendo en la mía.

Tomo mi celular. Está lleno de mensajes y llamadas perdidas. He decidido no contestar las llamadas. Agradezco a los que se preocupan por mí, pero no puedo hacerlo, no soy capaz, estoy devastada. Sin embargo, me he comprometido a contestar cada uno de los mensajes, no importa cuánto tiempo tome… los contestaré todos.

Estoy hundida, ahogándome, en blanco, paralizada. A medida que los fui leyendo me fui impresionando de la cantidad de gente que me expresó su apoyo, de distintas partes, algunos que pensé que se habían olvidado de mi existencia y, sin embargo, ahí estaban… lo hicieron por las redes sociales, no tienen mi celular, es que hace muchos años que no estábamos en contacto directamente. Me entregan una sensación reconfortante, tantas personas que fueron importantes en algún momento de mi vida, me llevan a recuerdos vividos. Agradezco que están conmigo en este momento, el más duro de mi existencia.

Agradezco a Vasco, el hermano mayor de Borja. Se ha encargado de todos los trámites que hay que hacer. Yo solo he tenido que firmar donde me ha pedido que lo haga, como si fuese una niña. Me debe indicar que hacer, no soy capaz de leer los documentos, solo firmo confiando en mi cuñado que es abogado. Me parece increíble que en momentos tan dolorosos haya que hacerse cargo de millones de papeleos, cuando no somos capaces de pensar, ni siquiera de sostener una conversación sin caer en llantos desconsolados.

Han pasado la noche conmigo mi madre, Vivi y Cata. No he logrado cerrar los ojos. Solo miro en silencio nuestra casa, nuestros rincones. Cada uno de ellos tiene una historia con mi Borja… se me aprieta el alma al ver las fotografías en las paredes de la sala. Vivimos tantas cosas aquí, fui tan feliz… ahora me parece un lugar extraño… tengo frío. Una sensación helada se apodera de mí, me congela el alma. Lo mismo me pasa al ver cada una de sus cosas, de nuestras cosas, aquellas que formaban el pequeño hogar que estábamos comenzando a construir juntos. Cada objeto de nuestra casa tiene una historia, no es que importe lo material… lo que me estremece es volver a recordar cada uno de esos momentos que fueron armando nuestro hogar. Deberíamos estar los dos juntos ahora. ¿Por qué se ha ido? ¿Por qué me ha dejado sola?

Me ha vestido mi madre junto a Vivi. He sido una *zombie*, es como si fuese una niña de dos años. No soy capaz de hacer las cosas sola. Abren mi closet, sacan prendas, las ponen sobre la cama. Mi madre habla con mi amiga. No logro procesar palabra alguna, escucho murmullos. No quiero nada. No quiero entender. Lo que estoy viviendo no tiene explicación, no tiene sentido. Vivi me ha peinado con paciencia y ha recogido mi largo cabello en una coleta. Mi amiga me ayuda a ponerme el abrigo negro largo, me pone una bufanda del mismo color, me saca el cabello que había quedado dentro del abrigo. Estoy lista para ir a despedir al amor de mi vida a mis cortos 27 años de edad.

Trato de ocultarme bajo mis inmensos anteojos de sol negros. No hay ningún rayo de sol en cielo. Es un día de aspecto triste, gris, nublado. Para mí es aún peor que eso… es el más horrible de mi vida, su entierro. No es gris, es negro. No veo la luz. ¡No quiero estar en este lugar! Se me acerca mucha gente, familiares, amigos, compañeros de oficina, míos y de Borja. A algunos los conozco; a otros, no. Me abrazan con cariño, sus caras están tristes. Siento que empatizan con mi dolor. Les agradezco por estar acompañándome en la vivencia más dolorosa de mi vida. Sí, les doy las gracias, esto definitivamente no lo podría soportar si no estuviese acompañada por esas personas que querían tanto a Borja, que me quieren. Yo no puedo entregarles nada en estos momentos. Estoy vacía. Con la muerte de un ser querido te arrancan de forma brutal una parte de ti.

Al llegar al cementerio siento que éste se me viene encima. Me agobia su mera existencia, su arquitectura. Todos sus grandes árboles me encierran, como si sus ramas cayeran sobre mí, armando un laberinto del que no puedo salir, en el que me pierdo y no veo salida alguna. Mientras mi madre me lleva de un brazo y mi padre del otro, los sigo tratando de dejar atrás esa sensación de encierro para seguirles el paso bajo un absoluto silencio que me consume. Tratan de acompañarme, no puedo emitir palabra alguna. Trato de no mirar los árboles para no sentir el encierro, me concentro en el suelo esta vez, veo el pasto, las tumbas… tanta gente. Un pensamiento me invade, todas estas lápidas son personas que partieron dejando huellas imposibles de borrar en sus seres queridos, hijos, madres, abuelos, amores infinitos, han partido tal como lo ha hecho Borja.

Llegamos al lugar donde lo despediremos. Es aquí donde va a estar mi amor. Ahí está su ataúd, sobre un agujero que lo espera, oscuro, profundo y húmedo, una vez culminada la ceremonia. Me detengo a mirar sin poder creerlo aún. El entierro de mi adorado marido está celebrándose. No puedo escuchar todo lo que se habla, solo logro registrar las flores blancas y una foto de nosotros en nuestro matrimonio, aún tengo la melodía de *Moments In Love* en mi cabeza. Se están yendo con Borja, las flores y la foto, la melodía se queda en mi cabeza, bajando lentamente. Beso mi mano, la pongo en su ataúd, simulando el último beso que le doy, con la esperanza de poder volver a encontrarme con él en un lugar mejor. Es lo que quiero creer, es lo que me obligo a pensar. Mi esperanza se basa en que nos volveremos a encontrar y volveremos a ser felices. Quiero que ese tiempo pase rápido, ser pronto una anciana para irme junto a él o que Dios me llame pronto y así poder continuar mi camino junto a Borja en otro lugar. En un lugar mejor, quiero estar con él. Cuando te enamoras, como yo lo hice de Borja, perdidamente, solo piensas en el inicio, no piensas en el final, menos en uno como este. No podía ser que me estuviese dejando cuando recién habíamos comenzado este camino los dos.

Después del cementerio me trajeron a casa. No tengo claridad del trayecto que recorrimos. Estuve ausente, en otra dimensión, queriendo volar para llegar a él. Tengo momentos que están simplemente borrados de mi memoria. Llegó Eugenia desde Inglaterra a acompañarme, no había podido llegar antes. Esta noche se quedará conmigo. Su empatía es enorme, admirable. Al ver sus ojos y al sentir su abrazo, noto que entiende por lo que estoy pasando... es como si un ángel le hubiese dado a su alma los sentimientos que me están embargando en este momento. A pesar que no dice nada, lo percibo con claridad. Me sirve comida y agua, solo pico algo del plato mientras seguimos sentadas en el silencio. Me insiste que coma un poco más, hago mi mayor intento logrando masticar y tragar unos bocados. Me levanto mientras ella comienza a ordenar. Tomo una ducha. Al sentir el agua corriendo sobre mi cara y cuerpo vuelvo a estallar. La pena hace que me retuerza mientras la tibia agua sigue cayendo encima de mí. Espero que el ruido de la misma logre mitigar mi angustia, mis sollozos. Entra Eugenia, me ayuda a salir de la ducha, me entrega el pijama para que me lo ponga. Sus gestos son de absoluto cariño. Es como una madre cuando ayuda a una niña pequeña que necesita de ella para poder hacer las cosas. Así es como lo siento. Luego de vestirme, mi amiga me seca el cabello, me peina con una trenza y me lleva a mi cama. Se acuesta a mi lado bajo el absoluto silencio que nos embarga. El mismo se esfuma por los ruidos que provienen de la calle, típicos de un día por la noche. Abrazo el pijama de Borja, percibo su olor, es un calmante que, al fin, hace que me quede dormida.

Unos días después, he decidido ordenar todo lo de Borja. Están junto a mi Vivi, Cata y Eugenia. Le he pedido a mi madre que me deje con mis amigas para hacer esta difícil y paralizante tarea. Las tres me ayudan a separar la ropa para ver que regalar y que no. Tomo las prendas una por una, las acaricio con mis manos y las detallo, cada una de las prendas de Borja me transportan a recuerdos, instantes que viví junto a él en estos cortos años de matrimonio. Siento una ola estremecedora, no logro contenerme. Mi debilidad aflora arrollándome nuevamente. Es una tempestad... como si el cielo se cayera o el mar se desbordara. Se desprenden lágrimas de mis ojos. Aunque trato de abrirlos para contenerlas... no es posible. Todo esto ha sido fuertísimo, intensamente duro, me ha llevado a recordar muchos momentos que, ahora, resultan dolorosos de rememorar. Cada prenda de Borja tiene un sentido para mí, cada cosa guarda una historia. Este suceso me ha traído miedo, este temor que me paraliza sin saber que haré sin Borja en esta vida. Una vez terminada la difícil selección de sus cosas, regalo mucha ropa, la entrego con todo el dolor de mi alma para donarlas a los necesitados, otras pocas las guardo porque no quiero deshacerme de todo.

—Vicky, yo llevaré todo esto para donarlo. Cerca de mi casa hay un centro donde recopilan prendas para gente necesitada.

—Gracias, Vivi.

—Yo misma me encargaré de entregarles estas pertenencias de Borja a su hermano y a su madre.

—No, Vivi, esto lo haré sola. Tengo el deber de hacerlo y quiero hacerlo. —aunque me tiembla la voz, mi pulso es estable.

—Bueno, entonces yo te llevaré y lo haremos juntas. Las meteré en esta maleta que he traído.

Al cabo de unos días, tal como me prometió, Vivi me acompañó donde mi suegra. Subimos la maleta a su auto y partimos a dejar las cosas. Entre sus pertenencias había ropa, fotografías, un reloj, un diploma de la universidad y su billetera. Su madre también merecía quedarse con cosas de él. Yo conservé una cadena que usaba diariamente, una virgen y su argolla de matrimonio. Me la puse en mi mano izquierda bajo la mía.

Ver a Luisa era angustiante, estaba tan consumida por la tristeza. Lo único que le hacía realmente bien eran sus nietos, los hijos de Vasco. El día que fuimos, los mellizos, pequeños de tres años, lograron por un pequeño momento sacarle una sonrisa. Eso me alegró y espero que los recuerdos que traje de su hijo causaran el mismo efecto.

Al despertar por las mañanas mi cuerpo lo busca. Toco la cama, pero no lo encuentro. Miro a mi lado y Borja no está. No puedo sentirlo. Extraño su olor, su cuerpo, sus buenos días... Vuelvo a caer al vacío. Siento esa punción en el pecho, me duele el alma. Es verdad, está pasando. Mi cuerpo lo extraña, sus abrazos, sus besos. Me siento mal. Me quiero morir, quiero irme con él.

Mi madre se ha quedado en España por más de un mes. Me ha acompañado en cada momento. Se ha encargado de pagar cuentas, hacer el mercado, cocinar y lo más importante, no me ha dejado sola ningún momento. Su amor es eterno, su consuelo es constante y protector. Me ha acompañado hasta que he decidido volver a trabajar. Siento que es algo que debo hacer, que me hará bien. Necesito comenzar a asimilar en el día a día mi nuevo estatus, mi nueva forma de vivir.

—Vicky, si quieres me quedo más tiempo...Tu papá me ha dicho que te acompañe más días.

—Mamá, ya vuelvo a trabajar, no estaré en todo el día en casa, estarás sola. No te preocupes, regresa a casa.

—Mi amor, me voy con el alma en un hilo. No soporto verte sufrir. —su voz es apenas un hilo cuando habla.

—Mamá, gracias por todo lo que has hecho, por todo tu cariño incondicional, por tu apoyo, tu compañía, por todo, pero debo seguir sola. —dije firme, pero lacrimosa. Deseo que no se angustie.

—Te llamaré todos los días.

—Sí, hablaremos siempre. Aunque no tenga muchas novedades que contarte, me las contarás tú...

—Quiero que sepas que siempre está la opción que vuelvas a casa con nosotros, si es lo que necesitas y quieres hacer.

—Gracias, mamá, pero acá tengo mi vida, lo que me queda de ella. Un cambio ahora no me haría bien. Me gusta mi trabajo, espero que cuando retome siga siendo igual.

—Así será, mi amor, ya verás. Tu trabajo te hará bien, solo cuídate mucho y aliméntate como corresponde. —dijo mientras tomaba con suavidad mi rostro.

—Así lo haré, mamá. Puedes estar tranquila que de necesitar ayuda la pediré. Te lo prometo. —cubrí sus manos con las mías.

— ¡Te quiero, mi chiquitita!

— ¡También, mamá, mucho! ¡Gracias por todo! —me fundo en un abrazo con ella.

La despedida con mi madre en el aeropuerto de Barajas estuvo llena de llantos y abrazos. Ambas estábamos desconsoladas. Aunque siempre llorábamos cuando nos despedíamos, esta vez mi madre se fue intranquila, lo noté en su mirada. Cuando estaba Borja no era así, siempre le pedía que me cuidara, sabía que estaría bien con él. Se fue con el corazón destrozado. El verme sufrir le hacía muy mal. A pesar de tratar de disimular y secarse las lágrimas a escondidas, notaba que estaba desesperada por no poder hacer nada para ayudarme. Si de ella hubiese dependido habría solucionado todo, como lo hacía cuando era niña.

Reflexionar sobre la muerte resulta muy difícil. Cuando somos jóvenes nos sentimos de alguna manera invencibles... la vemos como algo lejano que no debiese tocarnos vivir por ahora. No es un tema del que nos guste hablar, lo evitamos, porque es incómodo y nos alejamos de él hasta que nos vemos enfrentados a ella y no nos queda ninguna opción. Con la partida de Borja entendí que el mayor misterio de esta vida justamente era la muerte porque no tenemos la certeza de lo que pasa después de la misma. Había estado leyendo más en estos días y una frase de *La ridícula idea de no volver a verte* de Rosa Montero se quedó fija en mí, ahora que la muerte era central en mi vida. La cita en cuestión «Ni siquiera la pirámide más monumental es suficiente para defendernos de la muerte» me hacía sentir paralizada, no entendía a la muerte y era más grande que nosotros. Trato de aferrarme a mis creencias, pensando que hay un más allá. Que ¿Borja? está mejor, pero soy humana y las dudas me consumen, me agobian y me ahogan. Mi cabeza no deja de traicionarme con sus constantes cuestionamientos, tratando de buscar respuestas... a las cuales no puedo contestar, esa información es inexistente a nuestros ojos. No encuentro las respuestas y jamás las tendré con certeza. A veces pido soñar con Borja para que me diga que está bien, pero no logro verlo en mis sueños... ojalá uno pudiese controlarlos fácilmente. Comencé a leer en busca de ayuda, para encontrar cierta tranquilidad, hallar el ojo de la tormenta que estaba viviendo desde que Borja no estaba a mi lado. Me encontraba en la búsqueda de señales para poder encontrar cierta paz.

«Después de todo, la muerte es solo un síntoma de que hubo vida» escribió el poeta uruguayo Mario Benedetti. Entendí que Borja había tenido una vida hermosa, completa, plena. Aunque le faltaron cosas por vivir. No alcanzamos a ser padres. Perdimos un bebé de unas semanas de gestación, y sí, faltaron vivencias, pero tuvo vida, tal como lo dice la frase. No solo pasó por este lugar dejando huella. Borja disfrutó cada momento de su vida, de la sencillez de las cosas, no buscaba más allá, no tenía grandes ambiciones, se dejaba impresionar con pequeñeces, agradecía constantemente. Había gozado la vida y yo había tenido la suerte de aprender de él... me dejó una gran enseñanza. Supo vivirla...

Nico, el mejor amigo de Borja, nuestro vecino en la época de estudiantes y amigo desde aquel entonces, ha estado preocupado por mí durante todo el tiempo. Está tan destruido como yo. Justo cuando Borja murió estaba en Holanda, por lo que tomó el primer vuelo que pudo para llegar al funeral. Desde que sucedió ha estado constantemente a mi lado. Ha venido a verme, me ha acompañado a sacar a pasear a Pepa, los dos aún estamos incrédulos. Nos hace bien estar juntos, ambos necesitamos apoyarnos, cada uno dueño de su dolor, pero en la libertad de compartirlo con un igual. Nuestras conversaciones son misceláneas... pero siempre llegamos a Borja. Ambos lo echamos tanto de menos.

## TRATANDO DE RETOMAR LA VIDA, O LO QUE QUEDA DE ELLA

El día que volví a la oficina Nico me acompañó. La mañana estaba ventosa. Era marzo, el frío aún era intenso. Mi abrigo beige, botas camel, pañuelo azul y la cadena que me regaló Borja cuando me fue a ver una de las veces después de la caída, me acompañaban a la reinserción laboral. Me sentía en piloto automático. Me acordé de ese pasado, de este presente, de algún futuro y los diálogos se me mezclaron. Ya no sé cuándo fue ayer, cuándo es hoy. Mi vida estaba en pausa. Una voz me sacó de mis ensoñaciones.

—Vicky, espero que te sientas bien de regreso. Te he traído un café tal como te gusta a ti.

—Gracias, Nico, por venir a buscarme para ir a la oficina. —digo aún sumergida en una nebulosa.

—Me gusta caminar, no quiero que estés sola. Lo hago con gusto, tú sabes...

—Lo sé, Nico, gracias.

—Lo extraño mucho, me ha costado demasiado. Sé que quiere que me preocupe por ti y así lo haré. Además, me gusta estar contigo. —dice con una sonrisa triste en su rostro.

—En algunas ocasiones aún pienso que es un mal sueño... No puedo creer que ya no esté con nosotros.

—Borja siempre me pidió que te cuidara, desde que comenzó a salir contigo, cuando éramos vecinos. Recuerdo una vez que estabas con un fuerte resfrío, él estaba fuera de la ciudad, me llamó para que te fuera a comprar los medicamentos a la farmacia.

—Lo recuerdo, ese día me sentía a morir. Mis amigas no estaban en casa, me salvaste con tu arsenal de medicinas. Además, me cocinaste unos tallarines.

—Te los comiste y eso que soy malo para la cocina.

—No creo que peor que yo... —sonreí flojamente.

Nico es muy tranquilo y en silencio siempre está a mi lado, pendiente. Es observador, más bien callado, hablaba lo justo y necesario. Me dejó en la puerta del ascensor.

—¿Quieres que suba contigo?

—Está bien acá, Nico, gracias por la compañía y por el café.

—No es nada, en la tarde te llamo para saber cómo vas. Que tengas un buen día, Vicky.

—Lo mismo para ti, Nico.

Me abrazó y besó en la mejilla. Subí al ascensor, marqué el piso nueve esperando tener una buena vuelta al trabajo. Caminando por la oficina, sentí como me seguían con la mirada. Una extraña sensación, no quiero dar lástima. Es durísimo, sí lo es. Es una mierda... pero no quiero que me vean así. Prefiero que se acerquen, me pregunten como estoy, pero que no me sigan con esa mirada que me observa por completo con pena. Era inevitable, no podía juzgar. Obviamente había gente que me miraba de esa manera, no podía controlarlo.

He llegado hasta mi escritorio. Una sensación extraña me invade, es como si hubiese transcurrido una eternidad desde la última vez que estuve en este lugar. Como si fuese en una vida distinta cuando estuve sentada aquí. Solo ha pasado un poco más de un mes. Me pesa el cuerpo. Siento como si hubiese envejecido mucho en unas semanas. Comienzo a observar cada detalle de mi lugar de trabajo. Computador, apuntes, lápices, audífonos, teléfono. Mi mirada se encuentra con un cuadro de corcho. Hay varios papeles tipo *post-it* llenos de fechas de entregas, informes y compromisos laborales a los que no puedo faltar o en los que no puedo fallar. Hay varias fotografías de Borja, algunas junto a mí y otras él solo. Las miro con detalle, las contemplo, las toco como si fuese posible poder llegar a revivir esos momentos que están congelados en imágenes tan lindas. Respiro hondo tratando de mantener la calma, tratando de no romperme en llanto y, a la vez, intentando ir de vuelta a ellos, a esos maravillosos instantes, queriendo revivirlos una y otra vez. Sumergida en mi mundo comienzo a sentir que mis mejillas se mojan lentamente, pruebo el sabor salado en ellas. Vuelvo a respirar en busca de la calma. Logro sentarme en mi silla. Abro mi *notebook*. He olvidado la clave, como si hubiesen pasado meses, años incluso décadas. Afortunadamente en un cajón con llave la tengo anotada, la busco y entro al computador. Mi *mail* está lleno de mensajes de condolencias. Comienzo a contestar algunas. Me prometo hacerlo con calma, sin apuro. Contestaré a todos los que me han escrito.

Pasado unos minutos me llama mi jefa a su oficina. Patricia es muy maternal, me ha acompañado durante todo este duro proceso de distintas maneras. Presencialmente, por mensajes de texto, a través de llamadas. Estoy muy agradecida. En esta oportunidad, en su despacho, me vuelve a acoger con ese cariño que la caracteriza diciéndome que me tome las cosas con calma en el trabajo, que dispongo de todo el apoyo de ella y del equipo. Después de su charla casi maternal, llama al resto de las chicas y lidera una reunión con todos los pendientes, tema por tema. Tomo nota de lo que me toca hacer y con quien tengo que reunirme para poder continuar con mis temas. Estoy en automático, tomo nota y parezco atenta, aunque mi cabeza está en otra parte, en una dimensión desconocida.

Mis compañeras del área de finanzas, Claudia, Carolina, Kathy y Sole, se han portado excelente conmigo. Me han acompañado lo más que han podido. Me han ido a ver varias veces a casa, algunas veces en grupo, otras por separado. Siempre han estado presentes a través de mensajes diarios al teléfono. El cariño ayuda a ir saliendo de a poco a flote en este momento tan incisivo y doloroso. Son gestos que he valorado muchísimo. He comprobado que son amigas más que compañeras de trabajo. Se han organizado para que siempre tenga con quien almorzar. Desde que volví a la oficina hace más de un mes no me han dejado ningún momento sola. El estar acompañada alivia el camino, se hace más llevadero, aunque sigue siendo doloroso, de la mano de amigas es más fácil marchar que hacerlo sola.

Trato de trabajar lo máximo posible, saco a Pepa a caminar por las calles y parques de Madrid y continuar con las demás responsabilidades comunes del día a día. Una parte de mi vida ha vuelto a progresar, avanzar lentamente, siempre con Borja en mis pensamientos. Es imposible sentir mejoría de un momento a otro, es un proceso que para cada persona es distinto. No sabía cuánto tomaría el mío. Me provocaba ansiedad no manejarlo, no tener el control sobre lo que pasó y como me afectaba. Mi forma de ser, la planificación, los números, los tiempos, las cartas *Gantt* que hacía constantemente, no me ayudaban. En esta situación no había plan de acción o de contingencia que sirviera.

El dolor llegaba como montañas de agua que caían sobre mí, sin poder hacer nada al respecto y me sofocaban. Era inesperado y, sin previo aviso, me consumía. Me revolcaban tal como lo hace una ola en el mar. Dejándome sin aire, mareada y confusa. Así pasaban mis días. Trataba de distraerme, hacer las tareas cotidianas y, de un momento a otro, la inmensa masa de agua me atrapaba y hundía dejándome destrozada y sin fuerzas. Sin importar del lugar donde estuviese o que tanto batallara por evitarlas o frenarlas. Quería capear esas olas cuando llegaban, pero no podía. La única forma de sobrevivir era aprender a moverme con ellas, a surfearlas.

Muchas veces pensaba en aquellas parejas que tienen amor, pero a pesar de ello no logran conectar, arreglar sus diferencias, dejar el orgullo, perdonarse, empatizar, comunicarse, manejar los celos y combatir con tantas otras variables que sí podían tener solución. La rabia me consumía, pensaba que ellos podrían arreglar las cosas mientras que yo no podía volver a tener a Borja nunca más, al menos en esta vida. Estos pensamientos me abordaban constantemente, mostraban lo humana que era, que soy. Sentí una profunda rabia hacia esas parejas que se quieren, pero no saben cómo hacerlo. Quería hablarles, gritarles que de un momento a otro todo podía cambiar, que se cuidaran, se quisieran, se amaran, se entendieran, que no desperdiciaran el tiempo porque es una de las variables que no manejamos jamás. Una con la que yo me había dado de frente.

Comencé a tener citas con una psicóloga. Conocía mis debilidades y entendía que estos pensamientos que me inundaban me estaban haciendo daño. Debía manejar la rabia, el enojo, la melancolía.

Sabía que no iba a poder sin ayuda. Necesitaba contarle a alguien imparcial lo que iba sintiendo durante este triste proceso sin sentirme cuestionada, sin preocupaciones.

Tuve mucha suerte. Gracias a la recomendación de mi amiga Sole llegué a la consulta de Bernardita. Una mujer de unos cincuenta años que me acogió desde el momento que puse los pies en su consulta. El espacio era grato, me envolvió la calidez desde que entré. Su decoración delicada invitaba a salir del mundo exterior para internarse en este lugar. El tapizado de los sofás y el diván eran de un color celeste suave, junto a cojines en los mismos tonos, combinados con un blanco crema, formando una combinación que aliviaba y relajaba. Todo parecía consolador en ese lugar. Sus ventanas entregaban gran luminosidad, eran de marco blanco, un pequeño *bow window*. En uno de ellos tenía tres macetas blancas con plantas de distintos portes, lo que avivaba el espacio. El otro estaba decorado con unas gallinas en tonos azules. Tenía dos mesitas de centro en círculo con unos pocos libros. El piso era de madera clara, el cual se vestía de una alfombra azul con crema. Una lámpara de pie, aportaba a la decoración tan tranquilizante.

De pronto, habían pasado tres meses desde que Borja no estaba conmigo. Durante este tiempo mis amigas me acompañaron incondicionalmente. Salía a comer con Vivi y Cata al menos una vez por semana. Me invitaban a cenar a sus casas con sus novios sobre todo los fines de semana para que no estuviese sola. La familia de Borja, especialmente Luisa, me seguían invitando a almorzar con ellos. Creo que de alguna forma necesitábamos recordarlo, estar juntos, acompañarnos, creyendo que eso sería lo que Borja desearía.

El tiempo comenzó a ser como una montaña rusa. A veces estaba mejor, un poco más arriba, sentía que iba ascendiendo cada vez más hasta que, sin previo aviso, sin entenderlo, caía en una fuerte picada al abismo nuevamente perdiendo lo que había logrado avanzar. Ha sido un proceso lleno de cuestionamientos, obviamente a la mayoría de mis preguntas no les encontré respuesta alguna, a pesar de estar constantemente dando vueltas en mi cabeza. ¿Por qué tan joven? ¿Por qué sin aviso? ¿Dónde estaría? ¿Su alma me podría sentir? Además, constantemente, buscaba señales que me hicieran saber que Borja estaba bien. Más de una vez vi un picaflor y me aferraba a esa linda leyenda guaraní, de la cual me habían hablado de niña en Paraguay. La leyenda cuenta que los colibríes son personas que amamos, que ya no están en este mundo y que nos vienen a visitar. La historia narra que cuando una persona abandona su cuerpo terrenal, el alma se desprende y vuela para ocultarse en una flor. Me pasaban cosas curiosas. Algunas veces donde vi un pajarito de estas características y en algunas ocasiones sentía a Borja. Por ejemplo, al abrir la aplicación de *Pinterest* para buscar ideas sobre decoración de una habitación, notaba que en la primera fotografía el cubrecama estaba decorado con picaflores. Otra vez, caminando en un *mall*, vi cojines en una vitrina que tenían picaflores y aquella vez en una librería, cuando al pasar a comprar un cuaderno de apuntes, me encontré con uno que tenía a estas aves en la portada. Los seres humanos vamos buscando consuelo ante una pérdida así de espantosa, tratando de sentir que ellos están bien, un ansiada señal. Tenía miedo de olvidar su voz, que su pijama perdiese ese olor intenso y fresco. No era fácil, lo echaba de menos y, sí, lo seguía amando, siempre lo haría.

Pepa era mi fiel compañera, siempre a mi lado como si entendiese que algo me había pasado. Me entregaba cariño constante, dormía todas las noches en mi lado de la cama, ya que yo me había movido al lado de Borja. Era incondicional. Sin hablar me hacía sentir querida, se acurrucaba a mi lado para que le hiciera cariño, me movía la cola. Me acompañó mucho mi dulce perrita. En ocasiones, hasta le hablaba. Debe haber sido parte de mi locura, pero me ayudaba, me hacía sentir acompañada.

Sonó mi celular, era Nico. Me llamaba constantemente para saber cómo estoy. Varias mañanas me acompañaba hasta llegar a la entrada de mi oficina.

—Vicky, quería saber cómo estas ¿Cómo te sientes?

—Nico, hablamos todos los días por mensaje, sabes cómo voy. De a poco, tratando de retomar mi vida laboral. —respondí mirándolo con cariño.

—Quiero que vayamos al ballet el sábado. Te pasaré a buscar a la cinco y media. ¿Te gustaría ir?

—Pero si a ti no te gusta... —me sorprendí ante su propuesta.

—¿Quién te dijo eso?

—Borja me lo comentó alguna vez...

—Los gustos pueden cambiar ¡Nos vemos el sábado! —exclamó para después dar por zanjada la situación.

Me hizo bien salir y estuvo precioso el espectáculo. Justo estaba un ballet ruso pasando por la ciudad, presentando *"El Lago de los Cisnes"*. Me pareció muy interesante el conjunto completo del espectáculo. Desde la escenografía hasta las vestimentas de las bailarinas eran impresionantes, dominaba el color blanco por doquier. Sus movimientos eran delicados y perfectos. La música que las acompañaba hacía que te involucraras más en la puesta en escena. No sé si Nico lo disfrutó, aunque se mostró interesado. Después me llevó a comer a un restaurante cerca del teatro. Como siempre se comportó como un gran amigo, lo pasé bien en su compañía. Valió la pena despejarse un poco.

Estar con mi psicóloga era liberador. Me sentía con permiso de poder «*explotar*», lo necesitaba. Sacaba afuera todo lo que me abrumaba, pensamientos, temores, dudas, odios y rabias... esas que me consumían, me estancaban y no me permitían avanzar. La sensación de apertura era salvadora, podía llorar o enojarme frente a ella. Con mis amigas y familiares no era lo mismo, ya que siempre quedaba en ellos una preocupación. Me angustiaba verlos porque deseaban que estuviese bien. Si hubiesen podido hacer algo por sacar este dolor que tenía en mi pecho, el que me asfixiaba, lo hubiesen hecho, pero no había forma, no había palabras, no existía la manera, era imposible. Muchas veces noté la ansiedad de mi madre. Su desesperación por ver avances. Siempre fui sincera, les contaba cómo iba, pero me daba un cargo de conciencia enorme dejarlos más preocupados cuando no podían hacer nada para que lograse avanzar. No dependía de ellos, tampoco dependía de mí completamente, pero si una parte importante. Las sesiones con Berni me acompañaron de manera constante, una vez por semana, hasta que luego, las fuimos distanciando en el tiempo.

El trabajo se había transformado en algo sanador. Revisando mis pendientes, noté que ya eran ocho meses desde la partida de Borja. Pensativa, en el escritorio, pude asimilar que todas mis responsabilidades laborales habían ayudado a que pasara el tiempo más rápido, había volcado mi energía en el trabajo, lo cual me ayudó. Me mantenía activa, obligándome a tener una rutina, debía levantarme en la mañana y cumplir con pequeñas y grandes tareas, esas actividades me ayudaban a distraer la mente. Comencé a valorarlo y verlo como parte del proceso de sanación.

En la empresa me comenzó a ir bien. Obtuve un pequeño ascenso dentro de la organización. Esto implicaba más responsabilidades, más dedicación, comenzar un desafío distinto estando a cargo de dos analistas financieros. Debido a que la empresa se fue consolidando y creciendo en el mercado, necesitábamos tener un equipo más robusto para poder funcionar eficientemente en el área. Patricia, una mujer alta de ojos claros y de pelo siempre peinado a la perfección, era un ejemplo en el trabajo. Me pidió que me encargara desde el proceso de reclutamiento hasta la selección de estos dos cargos. Comencé a reunirme con el área de recursos humanos para definir lo que necesitábamos, la descripción y los perfiles del cargo, las competencias, habilidades duras y blandas que buscábamos. Seguí con el proceso hasta tener a las dos personas en el equipo.

Hablando con Patricia, en un proceso de *feedback,* me comentó en un tono de seriedad.

—Victoria, quiero decirte que estoy muy contenta con tu trabajo.

—Gracias, Patty. Me gusta mucho lo que hacemos, eso me motiva. Por otra parte, ustedes han sido sumamente colaboradores durante todos estos meses. Agradezco mucho a la empresa el apoyo, en especial a este equipo.

—Me alegra que sientas eso, Victoria. La idea es que nos apoyemos cuando lo necesitamos. Hay un tema que si me gustaría conversar en detalle. —mencionó con una voz indescifrable.

—¿Pasó algo, Patty? —me preocupé.

—No, no pasa nada por ahora, pero pienso que si no tomas acciones pronto podría pasar.

—¿A qué te refieres exactamente? —Su comentario me asustó.

—Lo que sucede es que has ido creciendo en la compañía y me gustaría dejarte el día de mañana como mi posible reemplazo, pero necesitas especializarte para poder hacerlo. —Me sorprendió lo que escuché, nunca imaginé algo así.

—Me alegra escuchar que confíes en mí, si necesitan que tome un curso lo haré con gusto.

—Me refiero a un MBA. Quiero que tengas una mirada más general y te prepares para asumir nuevos desafíos en el futuro. —dijo con una sonrisa.

—Vaya, me sorprende — le respondí.

—Los costos corren por parte nuestra. Necesito que me hagas una evaluación de las alternativas que hay en el mercado, debe ser después del trabajo. Debemos lograr que puedas compatibilizar laburo y estudio de la mejor forma. —su cara volvió a centrarse.

—Gracias nuevamente por la oportunidad, revisaré que alternativas hay y te comentaré. —contesté sonriente y desconcertada.

—Es una tremenda oportunidad, Victoria. La empresa está apostando por ti, no nos vayas a defraudar. —me dio una pequeña sonrisa.

Cuando me sugirió que me especializara, pensaba que se refería a un curso y no a un MBA, me impactó la noticia. Nunca me había planteado la opción de estudiar un programa así de completo. Estuve un par de semanas revisando las opciones que había en ese momento en Madrid. Partí por *googlear* todo lo referente a lo que estudiaría, sus costos, duración, formatos, *ranking*. Como soy muy estructurada, hice algunos cuadros comparativos. Quería analizar los pros y contras. Decidí postular a dos instituciones. El proceso tomó bastante tiempo: entrevistas, cartas de recomendación de mi jefa, entrega de los certificados del pregrado, entre otros. Mi primera opción era IE Business School. Estaba dentro de los mejores *rankings* de MBA de las escuelas europeas; eso decía el *Financial Times*. Además, había empezado a funcionar en 1973. Tenía trayectoria, tradición y prestigio.

Estando en la oficina en el mes de diciembre, en pleno invierno, recibí la llamada avisándome que había sido aceptada en el programa que era mi primera opción, en IE Business School. El formato presencial comenzaría en el mes de febrero del año entrante. Me alegré, aunque también, me bajó una sensación de ansiedad no menor. Hacía años que no estudiaba, tendría que retomar, sentía temor que el pasar de los años me hubiera hecho perder la práctica del estudio. Después de apuntar todos los detalles relevantes y de aclarar todas mis dudas, fui a conversar con mi jefa para que estuviese al tanto.

El año ya se está acabando, el más difícil, hostil y duro de mi vida, pronto llegará Navidad. Se terminaría este año que ojalá nunca hubiese pasado. Se va a cumplir un año de la muerte de Borja, el 31 de enero, solo en un par de semanas. Ese día dejó de ser una fecha más.

El invierno se apoderaba de mí, sobretodo el frío madrileño, en estas fechas cercanas al fin de año. Observaba las calles. La decoración de las mismas es un espectáculo, con todas las luces se vuelve una Navidad a la neoyorkina en la plaza del Callao, que pasa a ser el *Rockefeller Center* madrileño. Tiene una pista de hielo, caseta de madera y abeto rematado con una estrella de cristal elaborada para la ocasión. La Plaza Mayor, a unas cuantas cuadras de Callao, también está decorada en todo su esplendor. Todo brilla a mí alrededor. Me encanta mirar el ambiente de fiesta, que tantas veces gocé junto a Borja. Los dos admirábamos las decoraciones en estas fechas, de esta ciudad y de Londres, donde los panoramas eran dignos de asombro. En estos momentos contemplo pensativa, hundida en los recuerdos, sin sentir la mano de Borja a mi lado, acariciándome, guiando el camino. Viviré una Navidad distinta con una falta importante después de los últimos años en los que la habíamos compartido juntos. Quería que fueran más años, muchos más.

Pasaré Navidad junto a Vivi, Rodrigo, Cata, Fernando y Nico. Amablemente las parejas me han invitado junto al mejor amigo de Borja a compartir con ellos. A pesar de las insistencias de mi madre para que viajara a verlos, no lo hice, ya que me tomaría demasiado tiempo, del cual no disponía. Al llegar a la casa de Cata y Fernando tengo una sensación agridulce, feliz de poder estar con ellos, pero con una falta insuperable, la de Borja. Mi amado Borja.

Cata es especialista en *Marketing*, trabajamos juntas y fue gracias a ella que pude llegar a la empresa. Otra cosa más para estar agradecida con ella. Fuimos amigas desde el primer día de *Kinder five* en el Craighouse de Santiago de Chile. Siempre fuimos muy unidas, incluso me fue a visitar en dos oportunidades a Paraguay. Hasta conoció a mis mejores amigas paraguayas. Se caracterizaba por su alto nivel académico, muy buena alumna, una de las amigas más leales que he tenido y con la que he compartido muchos temas desde pequeña. Tengo muchos recuerdos con ella, paseos, *camping*, excursiones, viajes a la playa. Cata conoció a Fernando en Madrid, él es abogado, un poco mayor que nosotras, calculo que unos dos años, viven juntos hace unos años. A Vivi la conocimos en el colegio a la edad de nueve años, ya que anteriormente vivía en una ciudad en el norte de Chile llamada Iquique. Al llegar a Santiago y a nuestro colegio, la recibimos en nuestro grupo de amigas. Al igual que Cata es una excelente amiga, de personalidad alegre, buena para el garabato, divertida, social, transparente y franca. Buena para retarme, me dice las cosas como las piensa, aunque duela. En una oportunidad fuimos a pasar el verano a Iquique, que se caracteriza por sus buenas playas, especialmente la playa Cavancha. Vivi estaba con Rodrigo hace mucho tiempo, él es ingeniero al igual que ella y se conocieron en la universidad, su relación era seria desde hacía un tiempo.

# NAVIDAD

La casa huele a galletitas de Navidad, dejando en manifiesto que hace poco rato han apagado el horno. Ayudo a decorar algunas que ya están listas. Mi amiga me comenta que está haciendo más para sus sobrinos, a los que verá en pocos días más. Decidí llegar temprano para ayudarla con todos los preparativos.

—Gracias por llegar antes, Vicky, te estaba esperando. Ayúdame a decorar las galletas mientras yo pongo la mesa. Así avanzamos más rápido.

—Cata, tu casa esta hermosamente decorada. Me ha gustado tu árbol, me gusta como se ve con adornos rojos y esas cintas del mismo color, le da un toque especial.

—Hemos decidido comprar uno este año, ya que el año pasado no pusimos nada y sentimos que fue un poco triste.

—Ya veo. Les ha quedado divino. Además, ese tren que tienes bajo el mismo le da un toque especial.

—Sí, ese lo compró Fernando. De niño era fanático de los trenes, es por eso que ha decidido ponerlo.

—Yo no pude adornar la casa para estas fechas Cata, no me sentí capaz. Traté de hacerlo en dos ocasiones, pero llegué solo a mirar las cajas, sin lograr sacar nada. —una ola comenzaba a alzarse sin piedad sobre mí. Me sentía pequeña en todas sus posibles dimensiones.

—Vicky, no debes apurarte ni presionarte, cada cosa a su tiempo. Si este año no fue posible, espero que el próximo si lo sea. —mi amiga se acercó a mí, dejando los platos uno sobre otro en la mesa para seguir después con lo que estaba haciendo.

—Cata, estoy destrozada. Este día sin Borja es complicado, a él le encantaba esta fecha, era como un niño, disfrutaba tanto. Teníamos esa tradición de regalarnos algo de niño cada Navidad que estuvimos juntos Me siento vacía, me hace tanta falta. —me largué a llorar como no lo hacía hace algunas semanas, con esa angustia que cae sin cesar. Mi amiga me abrazó, intentando reconfortarme.

—¡Tranquila, Vicky! Respira hondo, saca todo lo que tengas dentro, no te cierres. Para eso estamos las amigas…

— ¡Gracias, Cata! ¡Gracias por todo el increíble apoyo que me has dado durante este tiempo! —Concentrándome en mi respiración logré calmarme.

—Vicky, es lo mínimo, tú sabes que siempre estaré contigo. No lo dudes nunca.

Fue una linda celebración junto a mis amigas. Han sido tan buenas conmigo, especialmente en estos últimos meses, han sido mi apoyo constante, uno de mis principales pilares.

Decidimos jugar al amigo invisible, así cada uno recibía un regalo. La comida estuvo deliciosa, carne con papas duquesas, ensalada griega y de postre Vivi llevó varios dulces pequeños, con los que hicimos una especie de degustación que estuvo buenísima.

Mi casa sin nada de Navidad tiene un aspecto tan triste, frío, penoso y desolador. Recuerdo la Navidad anterior que habíamos celebrado ahí mismo, tan contentos, sin saber que a Borja le quedaban solo unas semanas en este mundo. No lo podía creer, como me había cambiado la vida. Me sentía sola, con miedo. Había avanzado desde el día que me dejó, pero me faltaba tanto para estar bien, si es que algún día llegaba a estarlo, no lo sabía.

Luego de las fiestas, una de las más tristes que tuve, volví al trabajo. Sumergida en proyectos, me sentía bien, energizada. Patricia me tenía un regalo de Navidad. Por suerte le había llevado a ella y a mi equipo unos chocolates como engañitos. Estuvimos en un desayuno que preparó Claudia en la oficina para dar inicio a este nuevo año con la mejor de las energías. Ella con sus constantes detalles lograba armar entre los que trabajábamos ahí un equipo cohesionado. Laboralmente el equipo era bueno, además, habíamos logrado compartir mucho, teníamos un nivel de amistad que valoraba inmensamente.

## Un año sin Borja

El día que se cumplió un año de la muerte de Borja, el cielo estaba nublado y llovía, como si se reflejara la tristeza que sentía en esos momentos. Eso me hizo creer que no era la única persona que estaba triste en ese instante. Afuera la vida continuaba para el resto del mundo. Mirando por la pequeña ventana de nuestro departamento lo comprobaba. Pensé en quienes tendrían que darle el adiós a un ser querido este día. Había más gente en este mundo que estaba pasando por lo mismo que yo o que estaba a punto de sufrirlo. La fragilidad de la vida se vino a mi mente. Nadie estaría nunca libre.

Aquel día me levanté apenas, hice unas tostadas, café y jugo de naranja. Recordé el beso que me dio Borja mientras yo seguía en cama hacía exactamente un año. Me estremecí, fue el último beso. Al entrar en la cocina recordé como me había dejado el desayuno preparado, ese mismo día hace trescientos sesenta y cinco días. Lloré con una sensación de desgarro en mi alma, me estremecía de dolor. Me puse mi abrigo largo negro, una bufanda del mismo color, tomé mi paraguas y partí al cementerio. Cuando iba saliendo del edificio vi a Vivi esperándome como la buena amiga que ha sido todos estos años. Me llevó al cementerio en completo silencio. Entendió que no quería hablar más que de lo estrictamente necesario. No me contó que me estaría esperando, solo lo hizo. Sabía que iría en la mañana. Al llegar, compramos unas flores para dejarle, con todo mi amor, a quien había sido el amor de mi vida, quien sigue siendo el amor de mi vida, quien lo sería por siempre.

El cementerio está bastante lejos de casa. Cuando llegamos ya no llovía, se sentía el olor a tierra mojada mientras caminábamos hasta la lápida de Borja. No dijimos nada, Vivi solo me abrazó mientras estuvimos ahí. Agradezco tanto que hubiese ido conmigo, no sé si hubiese podido hacerlo sola. Su apoyo me sostuvo, logré estar en calma. Sí, le dije que lo echaba de menos, que lo amaba. Le dejé las flores con la ayuda de Vivi. Las ubicamos para que quedaran lindas, eran blancas. Besé mi mano, la puse sobre su tumba y nos vinimos de vuelta. Fue muy triste. Estar sin él es terrible.

Luego de la visita fui a comer con Luisa, su madre, que había preparado el almuerzo favorito de Borja, hamburguesas. Sí, él era tan simple, se contentaba con tan poco, disfrutaba de cosas peque-ñas, era como si hubiese sabido que iba a partir antes de tiempo, no daba lugar a las complicaciones. Juntos con mi suegra, Vasco, su señora Gabriela y los mellizos, compartimos un almuerzo tranquilo en su memoria. Lo recordamos con todo el cariño. Nos acordamos de anécdotas y también lloramos su ausencia. Me gustaba compartir con ellos, eran mi familia, siempre lo serían.

Al llegar a mi casa, a eso de las nueve de la noche, me estaba esperando Nico en la puerta.

—Vicky, ya te iba a llamar ¿Estabas dónde Luisa?

—Sí, he pasado a verlos. Estaba Vasco con su familia ¿Llevas mucho rato esperando?

—¿Puedo pasar? —preguntó —. No, solo veinte minutos.

—Claro que sí ¿Comiste?

—He traído unas tortitas que sé que te gustan.

—Prepararé café.

En pocos minutos el pequeño departamento olía a café. Nico entró, se sentó en el sofá y prendió la TV como ruido de compañía mientras tomamos el café y comíamos las tortitas dulces que había comprado en una de mis pastelerías favoritas. Me apoyaba constantemente, era delicado en sus gestos, con ellos me hacía ver que estaba ahí para mí. El estar con él también me hacía recordar a Borja, solo mirarlo me hacía conectarme con una parte de él.

## Un nuevo desafío

En febrero, tal como estaba planeado, comencé el MBA. Puntualmente el diez de ese mes. Al llegar a la escuela de negocios sentí esa ansiedad que me caracterizaba siempre con los nuevos comienzos y con algo de temor que no podía permitir que me paralizara. Era una tremenda responsabilidad. Me tenía que ir bien. La empresa estaba invirtiendo en mí, debía ser capaz de hacer un buen programa y sacar el máximo provecho del mismo. Me había mentalizado para ser lo más responsable posible, cuadrar mis tiempos para hacerlo de la mejor manera. La duración del MBA era de diez meses, por lo que tenía clarísimo que los tiempos iban a ser muy escasos en mi vida.

Al llegar, me dirigí al encuentro de nuevos alumnos. Era un salón muy grande donde estábamos los nuevos estudiantes de las distintas especialidades que la casa de estudios ofrecía. Había mucha gente, calculo que más de doscientas personas. El ambiente era de formalidad, nadie hablaba, todos atentos escuchábamos las palabras del director. Nos mostraron un par de videos con testimonios de alumnos. Algunos estudios que se habían realizado con el *ranking*, estando siempre dentro de los mejores quince de Europa, siempre muy cerca del IESE de Barcelona. Nos hablaron del *networking* que se producía en esta instancia de estudio donde, además, se generaban eventos con el objetivo de intercambiar contactos. Me llamó la atención la cantidad de alumnos extranjeros, era un porcentaje muy elevado. Nos mostraron esas estadísticas. Luego, pasamos a un gran coctel. Estuve solo unos momentos y me fui. No fue la instancia para conocer a nadie, esperaba hacerlo cuando comenzaran las clases.

Me propuse comenzar a correr en las mañanas antes de ir a la oficina. Estaba necesitando hacer algo de deporte, ya que no era posible seguir más tiempo estancada. Era algo que me había planteado Berni, mi psicóloga, hacía algunos meses. No había logrado concretarlo. No me lo había propuesto. Ahora, junto con el inicio del MBA sería un *must*, ya que me ayudaría para bajar el nivel de estrés. El que necesitaría drenar por algún lado.

Al llegar a clases, el primer día, me senté adelante. Era un auditorio amplio. Me conozco bien en este aspecto y, al igual que lo hice en el pregrado, debía estar concentrada, por lo que decidí sentarme en primera fila. Nuestra primera clase fue orientada al liderazgo.

Al terminar, me fui caminando para salir del edificio del IE, el cual era moderno, con grandes vidrios que iban de tope a tope rodeados por unos ladrillos claros. Me paré a mirar desde afuera y estaba lleno de gente que no conocía. De repente, una voz familiar, que no logré distinguir, me habló desde atrás.

# PARTE 3
## ANDRÉS

—¡**V**icky! —al escuchar mi nombre me di vuelta. Esa voz era familiar. Pensé que podría ser alguien del pregrado, pero estaba equivocada.

— ¿Andrés? —no podía creer lo que veían mis ojos. Después de más de diez años, tan guapo como lo recordaba Un poco más grande, pero con sus ojos expresivos que seguían iguales. Su mirada transparente no había cambiado, estaba con una pinta de ejecutivo que nunca me hubiese imaginado.

—Vicky ¿Qué haces aquí? ¡No lo puedo creer! Es impresionante venir a encontrarnos en Madrid después de tantos años —mientras hablaba se me acercó y me abrazó con cariño.

— ¡Oh Andrés, tanto tiempo! ¡No lo puedo creer! Sí, es que he comenzado a estudiar un MBA. Pero cuéntame ¿Tú qué haces acá?

—Me vine a vivir aquí hace más de un año porque trabajo para una empresa multinacional.

— ¿Vives acá en Madrid?

—Sí. De hecho, bastante cerca de este lugar y también he comenzado a estudiar aquí.

—He hablado desde hace unos meses con Florencia, que me escribió —no pude terminar la frase porque sentí que se me atascaba en la garganta.

—Vaya, no me contó que estuviesen en contacto.

—Me escribió hace un tiempo por Facebook —no especifiqué la razón por la cual ella, al igual que varias compañeras del Colegio Americano de Asunción, me habían escrito, la muerte de Borja. —He comenzado el MBA presencial. El formato de viernes, sábado y domingo algunas semanas al mes ¿Tú qué haces?

—Estoy haciendo el mismo, bueno, he comenzado hoy… ¿Y tú Vicky comenzaste en agosto?

—No, he comenzado hoy también, no lo puedo creer ¡Seremos compañeros! No te vi en la sala de clases.

—Es que somos muchos alumnos y llegué unos minutos tarde. He quedado sentado atrás. ¿Vamos a comer y tomar algo? yo te invito. Tienes que contarme de ti, de tu vida. —me tomó de la mano con decisión. Salimos del tumulto de gente que estaba en el lugar y nos fuimos a un restaurante. Mientras salíamos comprendí que en realidad no tenía mucho que contar.

Caminamos unas cuadras. Hacía bastante frío, el viento soplaba helado. Finalmente llegamos a un restaurante llamado *Honest Greens* en la calle Velásquez. Al entrar, volví a sentir mi cuerpo. El frío de la noche, que estaba más intenso que nunca, me había adormecido los pies. El lugar era muy acogedor, con mesas de madera bien altas, estilo rústico y bastante simpático. Unas lámparas colgaban del techo sobre las mesas, dándoles un toque especial, al igual que unas pequeñas plantas verdes que estaban puestas en diminutos maceteros sobre las mesas. Un estilo salvaje, pero cálido, como el de una cabaña en la montaña. Pedimos algo para comer, mientras nos poníamos al día después de tanto tiempo sin vernos.

—Vicky, cuéntame de ti. Al volver a Asunción de vacaciones ya te habías ido. Florencia me contó que volviste a Chile, yo te hacía allá, jamás por estos lados.

—Volví a Chile, terminé el colegio en Santiago, en el Craighouse, el mismo al que iba antes de llegar a Asunción.

—¿Hiciste el pregrado en Chile? Hay muy buenas universidades allá. ¿Adolfo Ibáñez? recuerdo que querías estudiar ahí.

—No, me vine a estudiar a Madrid. No me quise quedar en Chile. Se presentó una oportunidad de venir acá con dos compañeras del colegio. Hice todo mi pregrado en esta ciudad.

—¿Qué estudiaste?

—Administración de Empresas y Finanzas.

—¡Qué bien! O sea ¿No volviste a Chile?

—No volví para vivir, solo fui de vacaciones. ¿Y tú? Cuéntame de ti—no quería detallar mi vida, prefería centrarme en él.

—Estudié en Estados Unidos, en la Universidad de Kansas, como ya sabes. Muchos paraguayos se van a estudiar ahí. De hecho, algunos amigos de mi hermana, de tu clase, también lo hicieron.

—Sí, recuerdo que te fuiste a Kansas. ¿Te quedaste a trabajar en Estados Unidos? ¿Conseguiste visa de trabajo?

—Mmm…después de estudiar estuve unos meses recorriendo Europa con amigos. Luego volví a Asunción. Comencé a trabajar en

Unilever y luego me enviaron acá donde he estado hace más de un año. Ha sido un gran desafío, pero aquí estoy…en Madrid.

—Que bien, te felicito. Me imagino que estás contento por estos lados —mientras hablábamos me surgió la duda por querer saber con quién vivía.

—¿Estás casada? Veo la argolla en tu mano —su pregunta me dificultó hasta el respirar. No tenía muchas ganas de hablar, así es que me adelanté a preguntarle rápidamente.

— ¿Y tú estás casado?

—No, estoy separado. Estuve casado unos años con una chica del colegio también, pero no resultó. Ya llevo más de dos años separado, sin hijos. ¿Y tú me vas a contestar?

—Al igual que tú, estuve casada un par de años. Soy viuda. —era difícil explicar mi situación. Era tan joven, que resultaba difícil imaginar que podía estar en esta condición.

—Perdona, Vicky. No sabía. Lo siento mucho —sonaba arrepentido por decirlo.

—Sí, hace más de un año. Ha sido muy duro —contuve la respiración por un segundo.

—Me imagino. Perdona por preguntar ¿Tienes hijos?

—No te preocupes. No tenías cómo saberlo y no, no tuve hijos con Borja.

—¿Español?

—Sí, madrileño de hecho.

—Lo siento, Vicky. No sé qué decirte, a veces no hay palabras.
—asentí porque era verdad, a veces no hay palabras.

—Sufrió un ataque fulminante en la oficina. —mis mejillas comenzaron a mojarse. Recordar a Borja con Andrés era raro. Al verme así, me tomó la mano y comenzó a acariciarla. Fue un momento extraño, aunque cómodo a la vez.

Después de la extrañeza del momento seguimos comiendo. Me contó de su matrimonio fallido (pensé que todo era posible de arreglar con amor, pero no dije nada), que estuvo tratando de salvar por muchos meses, pero no lo lograron a pesar de ir a terapia juntos. Me habló de su familia, de su trabajo y de su vida en Madrid. Me contó que estaba saliendo con una chica, Adela, pero que no era nada formal. Luego de comer y tomarnos una botella de vino tinto, se ofreció a dejarme en casa. En un principio no acepté, pero Andrés insistió que no me dejaría ir sola. Al salir del restaurante hacía un frío espantoso. Nos subimos a un taxi a pesar que podríamos haber caminado, pero con ese clima era imposible, porque estaba más helado que de costumbre. Al llegar a mi casa, se bajó conmigo para dejarme en la puerta del departamento. Los recuerdos que tenía de Andrés eran el de un hombre muy caballeroso y preocupado. Abrí la puerta e inmediatamente sentí el calor de la calefacción, que me calmó. No pensé mucho en las palabras que, poco después, salieron de mi boca.

— ¿Quieres un café? Puedes pasar un rato.

—Te lo agradecería, Vicky. Hace un frío del terror allá afuera y en momentos como este es que extraño el calor de Asunción.

— ¡Uf! Ese calor también era duro. Recuerdo esos partidos a pleno sol, una sensación térmica de más de 40 grados y el Tereré para aliviarlo.

—¡Empezaste a tomar Tereré conmigo!

—Sí. —dije riéndome —. No me acordaba que tú me regalaste el termo y las hierbas para prepararlo. —puse la cafetera y mientras seguíamos conversando, Andrés me contaba de sus padres que aún estaban en Asunción, al igual que Flo que se casó con un paraguayo unos pocos años después de haber vuelto de la universidad, con quién tenía una hija pequeña llamada Giuliana.

—¡No te creo que es mamá! —dije con impresión.

—Sí, mis padres están vueltos locos con la nena —sacó su celular y me mostró una foto de la pequeña. Hermosa y bastante parecida a mi amiga de la infancia.

—Es preciosa, Andrés.

—¡Claro que lo es! Si es mi sobrina como no iba a serlo. Es de familia —estallamos en risas.

Estuvo cerca de una hora en mi casa. Le ofrecí unas galletas que tenía guardadas en la despensa, la que ya casi no tenía nada. Me pidió el celular y se fue. Cuando se fue de nuestra casa, de Borja y mía, me sentí incómoda, tenía pena, no sabía cómo explicarlo. El ambiente se percibía incómodo y si lo pensaba mucho sentía el crecimiento de una ola. Al ponerme el pijama y acostarme comencé a sentirme mal, como si hubiese traicionado a Borja por haber invitado a Andrés. A pesar que siempre iba Nico a verme, un amigo de años y el mejor amigo de mi marido, no sentía esa culpa, pero esta vez era diferente. Lo mismo me pasaba cuando salía. Era un sentimiento horrible, me estancaba, no me dejaba avanzar. Seguía enamorada de Borja, lo extrañaba de una forma que no puedo explicar con palabras...él era todo para mí. El tiempo que estuvimos solos en Londres me hizo sumamente dependiente de él. Vivir lejos puede hacer que te aferres a la relación o que ésta se acabe. En nuestro caso nos unió mucho. Éramos un equipo, cómo lo extrañaba.

## ASUNCIÓN PARAGUAY
## MÁS DE 10 AÑOS ATRÁS

Cuando tenía 13 años, conocí a Andrés. Un chico dos años mayor, hermano de mi compañera de grado Florencia, quien era una gran amiga y compañera de aventuras en tierras guaraníes. Acostumbraba ir a su casa a hacer tareas, trabajos, juntas con nuestros compañeros de clase y fiestas. Su madre era sumamente cariñosa con nosotras. Recibía a todas las amigas, incluso varias veces nos quedamos a dormir, hacíamos pijamadas y maratones de películas acompañadas de cabritas y tortitas. A medida que fuimos creciendo, era ahí, en su casa, dónde nos arreglábamos para salir a alguna fiesta. Recuerdo el ruido del secador de cabello, el intercambio de ropa, los tacones, los maquillajes esparcidos por todo el baño y el olor a perfume en el ambiente antes de salir a nuestros eventos. Algunas veces, Andrés estaba ahí con amigos, con alguna novia o jugando con Rocky, su perro. También recuerdo la música que se escuchaba desde su habitación, aunque estuviese la puerta cerrada, o cuando tocaba la guitarra eléctrica y cantaba en voz alta. Otra de las escenas que se me vienen a la mente son las de él llegando en ropa deportiva, transpirado. Me gustaba mirarlo, tenía un aspecto relajado, su cabello rubio habitualmente estaba despeinado. Su cuerpo fue cambiando con el paso del tiempo, cada vez me llamaba más la atención, era alto y su sonrisa era muy expresiva.

Cuando Florencia cumplió 15 años, su madre le preparó una hermosa fiesta en el patio trasero de la casa. La decoración era delicada, con luces de colores que adornaban los árboles, flores en tonos pastel y globos de color rosa viejo y blancos, que complementaban el cuadro. Estaba todo precioso, se sentía un ambiente campestre y romántico a la vez. En el lugar había un ánimo alegre, se escuchaban risas, algunos bailaban animados en la pista, donde la música se sentía con fuerza y el murmullo de las voces lograba inundar el lugar. A la fiesta asistieron todos nuestros compañeros de grado, además estaba Andrés con algunas amistades. A pesar que estábamos todos en el Colegio Americano de Asunción, nuestro grupo de amigas y ellos no tenía relación alguna, los conocíamos solo de vista.

Recuerdo haber mirado a Andrés en el patio del colegio jugando fútbol, en la cantina almorzando, en el club, en la piscina, en algunos campeonatos deportivos o intercolegiales, pero siempre junto a seniors. Ellos estaban terminando el colegio, eran más grandes, por lo cual no estábamos en su radar, hasta esa noche. Andrés se veía muy guapo, no acostumbraba a verlo así. Siempre estaba con un *look* informal, deportivo. Incluso al colegio íbamos con *short* y polera, debido a las altas temperaturas de la ciudad. Esa noche fue distinto porque estaba formal, con pantalón, camisa, cabello ordenado, zapatos de vestir y con una sonrisa luminosa, tan característica de él. Me sorprendió que no estuviese acompañado por una chica más grande, había tenido una novia por algunos meses. Florencia me contó que no estaban juntos desde hace algún tiempo. En ese evento me hizo compañía por primera vez. Conversamos mucho sobre diversos temas. Fluidamente conversamos desde deporte a la política, de la vida en Chile y así fuimos desde temas serios a chistes y anécdotas. Nos reímos, bailamos, coreamos las canciones. Recuerdo cuando me tocó para llevarme a la pista. Sentí su mano en mi espalda y me estremecí, fue una sensación placentera que recorrió mi cuerpo. Aquella fue la primera vez en mi vida que experimenté algo así. Ahí supe que algo fuerte sentía por él. Nunca me habían tocado de esa manera o quizás lo habían hecho, pero yo no lo había percibido con esa magnitud. Desde aquella vez tuvimos una conexión especial, la percibí rápidamente. Sentí que ya no era solo la amiga de la hermana, sino que era «*yo misma*». Había un interés mutuo en volver a reunirnos y no estaba equivocada, lo podía ver en su mirada, en su sonrisa. Ese mismo día me pidió el teléfono y comenzamos a salir.

Con cariño recuerdo nuestras salidas. Nuestros primeros instantes juntos. Comencé a ir a su casa porque él me invitaba, no Florencia. En un principio era extraño, pero estar a su lado era cómodo, nos reíamos mucho, era un chico alegre, divertido, amante de los animales, en especial de los perros, lo que se podía notar por como mimaba a Rocky. Tocaba la guitarra para mí, me gustaba observarlo y escucharlo cantar. Sabía cómo sorprenderme. Fue el primero en besarme, ese beso inocente, pero que a la vez provocó un calor en mi estómago. Fue cerca del colegio, un día que caminamos a su casa para ver una película. Un beso que jamás olvidaré. Me gustó tanto porque me hizo descubrir algo nuevo. Sus cariños eran tiernos, dulces y delicados, me llevaron a sentir mariposas, a querer estar con él todo el tiempo. Un nuevo interés que no había experimentado nunca antes. También rememoro el momento en que se lo presenté a mis padres en un asado familiar en nuestra casa un domingo. Lo nerviosa que estaba, con mis manos húmedas y con una sensación extraña que no conocía. Mi madre rápidamente lo acogió, me impresionó la reacción de mi padre quien también tomó una actitud muy natural al conocerlo. Siempre me incentivaron a invitarlo a casa, a compartir tardes completas de piscina, que terminaban con algo rico para comer que mi mamá con mucho cariño había preparado.

Andrés fue mi primer amor, ese que marca, que deja huella, que no se olvida. Con él conocí la existencia del mismo y lo grato que era compartir el día a día con una persona que quería tanto. Estuvimos de novios cerca de un año hasta que se fue a estudiar a la universidad fuera de Paraguay. Desde ese momento no fue posible seguir. Ahora, al verlo en retrospectiva, lo entiendo, estaba comenzando un nuevo camino en otro país. Era lo lógico, aunque en ese momento me haya costado aceptarlo, entenderlo y más aún olvidarlo. Cuando se fue mi corazón estalló, sobre todo en el momento que nos despedimos en la puerta de mi casa. Recuerdo cuando lo vi alejarse de mi vista para ya no volver a verlo nunca más. Corrí a mi pieza con esa angustia que me abrumaba, que me dejaba sin aire y entre sollozos. Aquella que me llevó a tomar el osito de peluche que me había regalado para un cumple mes, que tenía su perfume impregnado. Mientras mis lágrimas caían sin cesar por mis mejillas, haciéndome sentir vacía y con una impresión de pena como nunca había sentido antes. Fue la primera vez que me sentí querida por un chico. Fue el primero que se preocupó por mí. Vivimos muchas cosas lindas juntos. Se me vienen a la cabeza los momentos cuando me besaba en el colegio, escondiéndonos de los profesores, el contar los minutos que faltaban para salir al recreo y poder vernos y bajo un árbol de mangos compartir un momento de cariño mientras el tibio viento de la ciudad nos golpeaba la cara. Compartimos intensamente el tiempo que estuvimos juntos. Sabíamos que tendría fin, no había permiso para soñar.

Fuimos a varias fiestas, viajamos con sus padres a Foz de Iguazú. Visitamos una de las cascadas de agua más grandes del mundo, en un parque lleno de verdes, esos que se mezclan por su intensidad de claros y oscuros, una naturaleza sorprendente. Recuerdo el ruido de las inmensas masas de agua que caían, un sonido especial, intenso y mientras me mojaban la cara algunas gotitas. La fauna del lugar, todo, lo hacía un lugar mágico.

Lo acompañé a campeonatos deportivos, a hacer esquí acuático al río, a su fiesta de graduación. Pasamos tardes de películas, me enseñó de música, haciendo que me inclinara por los mismos gustos de él. Siempre lo recordé con mucho cariño, aunque después de su ida a la universidad nunca más lo vi. Nos escribimos un par de veces hasta que el contacto se esfumó. Andrés siguió volviendo a Paraguay para las vacaciones a ver a su familia, pero yo ya estaba de vuelta en Chile. Los tiempos no fueron perfectos, pero el amor si fue verdadero, al menos para mí. Ese chico había dejado una marca en mi historia, un recuerdo intenso, que siempre atesoré a pesar de creer que nunca más volvería a saber de él.

## MADRID

Me levanté temprano para ir a mi clase del MBA. Me duché con calma y me preparé mi tan preciado café para comenzar a reaccionar. Esa mañana decidí irme caminando a pesar que hacía un poco de frío. Esta simple acción me ayudaba. Me hacía sentir bien. Al llegar a la escuela de negocios estaba Andrés fumando. Obviamente lo saludé y en ese momento apagó el cigarro.

—Buenos días, Vicky. Te estaba esperando.

—Hola ¿Cómo sabes que no había llegado?

—Es que hay cosas que me imaginaba. Supuse que no habías cambiado y llegarías corriendo apenas unos minutos antes de la clase. —me reí, ya que siempre andaba corriendo, eso era verdad — ¡No me equivoqué!

—¡Sigo siendo un desastre en eso! Siempre ando en contra el tiempo.

Llegamos a la sala de clases y nos sentamos juntos. Ambos estábamos muy concentrados en el programa que comenzaba. Con cierta ansiedad y miedo de empezar a estudiar después de tantos años, pensaba que el ritmo lo había perdido completamente. Enfocados, seguimos las clases como alumnos de primer año universitario, sin dejar escapar detalle alguno.

Por otro lado, Nico seguía muy pendiente de mí. Siempre había sido un buen amigo, desde aquellos tiempos del pregrado en el cual éramos vecinos. Ese sábado, al salir de mis clases, me estaba esperando afuera del edificio del MBA.

—Vicky ¿Cómo te ha ido? —me saludó.

—¡Nico, qué sorpresa! Me ha ido bastante bien.

—Ven aquí, vamos a ir a comer. Me imagino que debes estar con hambre ¿Italiano, cierto?

—Dale vamos, gracias por la invitación. —Nico me abrazó como muchas veces lo hacía y nos fuimos a comer.

Salir a comer con Nico me gustaba. Siempre lográbamos tener una velada agradable. Tenía muchos temas de conversación, era muy culto y encantador. Además, lo conocía hace tantos años por lo que sabía perfectamente como era. De hecho, antes de conocer a Borja ya éramos amigos, ya que varias veces nos invitó a las chicas y a mí junto a algunos amigos a distintos planes. Curiosamente nunca vi a Borja en ninguno de ellos. El tiempo se me pasa rápido estando con Nico, me hace reír. Tiene una manera de contar las historias de forma muy divertida, eso me gusta, ya que logra sacarme risas lo que me hace bien. De hecho, hace demasiado tiempo que no me dolían las mejillas de tanto reírme como lo han hecho esta noche.

Esa semana, después del inicio del MBA, me tocó viajar a Manchester por un proyecto de la empresa, donde debí juntarme con algunos empresarios de la ciudad. Estuve en reuniones todo el día, además, los mismos me llevaron a un pequeño seminario que se realizó en la Universidad de Manchester. O sea, además del intenso trabajo y del MBA que comenzaba, tuve que asistir a una capacitación con estos empresarios y su equipo. Por las noches me llevaron a comer. Alcancé a ver algo de la ciudad en los trayectos, donde se veía todo precioso. Tenía algunos recuerdos de Manchester. Obviamente que ir a Inglaterra me traía recuerdos de mi estadía en Londres con Borja, con quien había conocido y disfrutado de esa ciudad. Sin embargo, esta fue la primera vez que al hacer una relación o recordar algo no lloré. Por primera vez, lo hice con cariño como siempre lo hacía, pero sin ese dolor intenso, esa sensación que es una mierda, donde el corazón se me parte de pena. Al darme cuenta de esto, sentada en mi cama del hotel, me sentí aliviada. No significaba que no amara a Borja, siempre lo iba a hacer, era algo diferente. Comenzar a asumir lo que había pasado. Nadie jamás me iba a quitar los momentos que pasé con él, los cuales fueron muchos más los felices que los difíciles. Ese amor que nos tuvimos, el que quizá duró poco, pero que había sido tan intenso, tan pleno. Empezaba a estar agradecida de haberlo tenido, aunque hubiese sido por solo algunos años. Mis pensamientos comenzaron a cuestionarse sobre aquellas parejas que están una vida completa juntos, pero que quizás no alcanzan a tocar y sentir la felicidad como nosotros lo habíamos hecho. Esto me trajo una sensación de resiliencia, tranquilidad, control. Fue la primera vez que logré quedarme dormida en paz, sin preguntarme una y otra vez lo mismo. Coincidió con que justo no llevé al viaje el pijama de Borja. No había sido a propósito. No lo medité. No lo programé. Dada la situación, ese día decidí que ya no dormiría abrazada a él. Al llegar a casa tendría que guardarlo junto a las cosas que había guardado con tanto cariño.

La semana fue bastante intensa, me dejó exhausta. Los viajes de trabajo siempre eran extenuantes. Al final trabajaba mucho más y las horas de aeropuerto eran pesadas, agotadoras y estresantes. A pesar de todas estas sensaciones me había ido muy bien en las reuniones que sostuve con los potenciales inversionistas. Un punto a valorar, ya que me permitía seguir ganándome la confianza de mi jefa.

Llegué a casa muy cansada el viernes en la mañana, pero debía ir a clases. Me duché, me hice mi clásico café y partí. Iba entrando a la sala cuando Andrés miró hacia atrás y al verme me hizo un gesto indicándome que me tenía un asiento guardado en la primera fila. Sin pensarlo me dirigí hacía él y me senté a su lado. Me saludó cariñosamente con un beso en la mejilla. Prestamos atención a todo lo que el profesor con gran energía nos enseñaba. Tuve suerte, ya que eran temas financieros donde me manejaba mejor que en otras áreas, eran prácticamente mi día a día, ya que estaba realmente agotada.

Al salir de clases, Andrés me invitó a su departamento. La verdad es que quedaba bastante cerca de donde estudiábamos, por lo cual accedí a pasar un rato con él.

—¡Bienvenida a mi humilde hogar, Vicky! —exclamó entusiasmado.

Era un *loft* moderno. Sus muebles blancos y una pequeña mesa de granito que tenía dos sillas, una en frente de la otra, te recibían. Al final del primer piso había una escalera que llevaba al segundo nivel donde dormía. Desde abajo se veía una cama, a pesar de que no alcancé a ver con detalle, aunque me hubiese gustado. Al lado de la cocina había una sala con un sofá en tono gris. Frente al mismo una TV, una *play station* y varios libros a la vista. Una pequeña mesa de centro hecha de pallet con ruedas. Todo muy acogedor y ordenado.

—Es mucho más pequeño que tu casa de Asunción. —le dije riéndome. Mis recuerdos de la casa de Andrés y Florencia eran de una casa muy grande, mucho más grandes de las que acostumbraba ver en Chile. Tan grande como para que el compañero de Andrés, Rocky, su perro pastor alemán, pudiera andar a sus anchas.

—¿Me estás haciendo *bullying*?

—No...—me reí —. Es que el Andrés de mis recuerdos, el de Asunción, vivía en una de esas casas tan grandes, con esos patios enormes, con ese pasto como grueso característico que siempre estaba verde, de ese verde especial incluso sin necesidad de regarlo.

—¿Qué más recuerdas de Asunción? ¿Has vuelto a ir? —preguntó.

—Nunca más volví. Me encantaría poder hacerlo... lo que más recuerdo es lo verde de la ciudad— me respondí con cierta nostalgia.

—Por algo somos la capital «*más verde de Latinoamérica*». —dijo orgulloso.

—Recuerdo el cielo. No te rías... las nubes pasando con rapidez y cambiando drásticamente de un momento a otro. Ahí vi los arcoíris más lindos que he visto en mi vida.

—Bueno... yo amo Paraguay. A pesar de ser un país pequeño, con menos avances, quiero volver de todas maneras. Es un lugar excepcional para hacer vida en familia.

—Recuerdo tu casa en San Bernardino sobre el cerro donde estaba el Lago Ypacaraí. Ahí vi muchos atardeceres lindos y eso que en Chile he visto unos preciosos, pero los recuerdo de un color especial, medio anaranjados —le dije.

—Si fueses ahora, no creerías como ha crecido Asunción... te sorprenderías, se ha desarrollado bastante. —replicó.

— ¿Sabes qué otra cosa me marcó de allá? —proseguí.

—¿Qué? ¿Yo? — me preguntó esbozando una sonrisa media picaresca.

—Bueno —me reí —, a parte de los amigos, extraño los lapachos, esos árboles con colores que iban cambiando. En un momento estaba todo rosado, en otra época del año estaba todo amarillo. Del departamento de mi amiga Cynthia se veía como Asunción iba cambiando de color. Desde la altura se veía el color predominante de estos árboles sobre la ciudad...tan lindo.

Siempre había tenido predilección por aquellos hermosos árboles. Me acuerdo de estar pendiente de su floración y de verlos renacer con colores vivos, rosa o amarillo. Aunque, alguna vez me encontraba con aquel extraño de pétalos blancos, producto del tajy rosado o «*tajy hú*» en guaraní. Mi madre destinaba sus ramas para decorar la casa en cierta parte del año; la otra, se embelesaba ante su vista tanto como yo.

—El lapacho rosado... el lapacho cerro— me dijo.

—Y los amarillos ¿Sabes cómo lo llaman? —insistí.

—No, no sé tanto. —me comentó.

—¡Tengo algo que sé que te gusta! —Andrés me pasó un paquete medio rojo con unas «chipas».

— ¡Me muero, me encantan! ¡Hace más de 10 años que no las pruebo! ¡Me emocionaste! —con alegría abrí el paquete y me metí una a la boca.

La chipa típica paraguaya son tortas de diverso tipo que tienen al maíz o almidón de mandioca (yuca) como base de preparación y que forman parte del denominado «*tyra*», término guaraní que sirve para designar todo alimento que se consume para acompañar el mate cocido, la leche o el café.

—Recuerdo las meriendas que preparaba Anita en tu casa con Flo y las chipitas... Me has transportado a mi niñez —le dije.

— ¿Solo con mi hermana? —me increpó.

—Con todos ustedes... con tus padres, contigo— le respondí risueña.

—He traído chipas de mi último viaje. Me encantan, por eso traje varias empaquetadas, aunque son más ricas las que preparaba Anita en casa. Cuando viene mi madre siempre me trae. — La comida, al igual que la música, era un medio de transporte a los recuerdos. En este caso, el sabor de la chipa me llevó a la feliz niña de 13 años que fui en Paraguay.

—Pero, Vicky ¡No te las comas todas! déjame una al menos. —la cara de Andrés estaba llena de risa.

—¡Pesado! —luego de hacer un recorrido verbal por Paraguay, Andrés se metió en la cocina y preparó unos tallarines con salsa.

—¿La comida italiana sigue siendo tu comida favorita?

—Sí, por siempre. —reí suavemente.

—Veo que hay cosas que no cambian…—dijo riéndose.

Lo pasé muy bien con Andrés. Luego de reírnos mucho con algunos cuentos de cuando éramos niños, me fue a dejar a mi casa. Quedamos en juntarnos a hacer un trabajo. No estaríamos solos. Nos acompañarían Daniel y Cristián. Todos eran mayores que yo. Eran muy simpáticos y amables. Me dejaron con la responsabilidad de tomar los mejores apuntes de las clases. Aseguraban que las mujeres éramos mucho mejor en eso que los hombres, decían que lo habían comprobado en el pregrado. Así es que desde el día uno, fui la encargada de los resúmenes y apuntes, llevaría la materia prima para poder avanzar con los estudios. Los tres tenían bastante más experiencia que yo. Sus niveles profesionales estaban por sobre el mío y en algunas ocasiones era muy notorio. Ninguno era financiero, todos estaban orientados al área comercial y de *marketing*.

Cristián era el mayor de todos, con más experiencia en el cuerpo; y también de estatura, pues medía casi metro ochenta. Lideraba un equipo grande, con más de 50 personas. Se desempeñaba en una empresa automotora y tenía varias sucursales a cargo, no solo en Madrid sino que también en otras ciudades. Por lo que nos advirtió que, quizás en ocasiones, no podría reunirse entre semana debido al trabajo.

Daniel trabajaba junto a Andrés en Unilever, era gerente de División de alimentos para caninos. Un hombre alto como Andrés, pero con ojos cafés y una mirada más dulce, probablemente, una ilusión de sus espesas pestañas. Trabajó toda su vida en la misma empresa y había vivido en Londres antes de llegar a Madrid. Se notaba que era centrado y que sus viajes lo habían convertido en alguien muy observador.

Andrés, también trabajaba en el área comercial como gerente de División de *personal care* o cuidado personal. Ambos lideraban un equipo bastante grande, eran muy productivos y tenían grandes responsabilidades que cumplir. Notaba que la empresa les daba un liderazgo menos autoritario del que tenía Cristián. Estas variables las fui detectando a medida que interactuábamos y compartíamos en clases, cafés y estudiando o haciendo trabajos.

Aprendí mucho de los tres. Se desempeñaban en algo muy distinto a lo mío. Ya sentía que estaba comenzando a tener esa amplitud o mirada más completa que mi jefa quería que tuviese para lograr futuras proyecciones.

Nos juntamos a analizar el caso de finanzas en mi casa en medio de unas cervezas. Esa costumbre también la teníamos con mis compañeros de pregrado. Me acordé de esos amigos. A varios de ellos les había perdido la pista en los años que habían pasado. Con añoranza recordé cuando nos juntábamos los viernes en la noche a estudiar, cuando hacíamos «*votación secreta*» en papeles para ver si seguíamos estudiando o si nos íbamos a bailar, donde al final siempre terminábamos de joda por las calles de Madrid. Eran otros tiempos, muy buenos por cierto.

—Vamos, Vicky, tú eres la financiera acá. ¿Qué dices del caso? ¿Qué dicen tus apuntes? No te olvides que eres la más ordenada y la encargada de la materia prima para que no nos falte nada en la producción.

—Ustedes, los tres «*mosqueperros*» me están tirando toda la responsabilidad a mí. Lo que pasó el profesor en clases es suficiente para que puedan hacer la evaluación ustedes también. —dije riéndome.

—Pero es que mejor que lo hagas tú. —dijo Daniel riéndose también mientras tomaba cerveza. A pesar de estarlo diciendo sabía que Daniel también se ocuparía del caso, era bastante preocupado de los estudios. Tenía el don de la palabra y podía negociar las posturas para avanzar en los casos que se nos presentaban.

Nos convertimos en un grupo muy compenetrado. Estos tres hombres se convertían en un espectáculo cuando estaban juntos y me hacían reír a carcajadas, logrando hacer mucho más ameno el estudio. También se ponían de acuerdo para molestarme por cualquier cosa, pero eran muy agradables y los admiraba muchísimo. Eso sí, más una vez estuve en desacuerdo con ellos. Cuando, por ejemplo, comentaron que lo que más les incomodaba era que las mujeres se ponían a llorar en sus oficinas.

—Es que para las mujeres va todo junto. Tienen un problema en la casa o con el novio y terminan llorando en el trabajo. —dijo Cristián entre abriendo sus expresivos ojos azules. Siempre era el primero en opinar en cualquier situación y poseía el carácter más volátil de todo el grupo.

—Claro. Como un cajón del armario donde tienen todo mezclado. No como nosotros que separamos mejor las aguas. —comentó Daniel.

—Yo creo que no harían nada sin nosotras —pronuncié enfática.

—Claro que no. Son metódicas y ordenadas. —comentó Andrés.

Esa noche terminamos tomando vino mientras seguíamos con el caso de finanzas. Específicamente de evaluación de proyectos. Estaba comenzando a comprobar que, si podía estudiar junto a una buena copa a mi lado llena con ese carmenere que siempre me ha gustado tanto.

Generalmente nos juntábamos en mi casa, cuestión que me acomodaba, ya que así no tenía que volver sola de noche, era un estrés menos. El estudio era muy pesado, nos demandaba mucho trabajo en grupo. Usualmente nos quedábamos hasta tarde varios días a la semana. Teníamos mucho que leer: *papers*, casos, libros. Noté que estaba bastante perdida en áreas que estaban más alejadas de la financiera. Por ejemplo, en el área comercial era mucho más débil que todos mis compañeros del grupo de estudio. Ellos tenían la experiencia del terreno, de las visitas a clientes y distribuidores, la negociación intensa y las campañas de *marketing*. Yo no era capaz de vender nada. Mis habilidades comerciales eran prácticamente nulas. Los admiraba por comenzar cada mes desde cero, nuevamente con sus planes de ventas y cierre de negocios para llegar a las metas. No pensé que sería así de demandante estudiar un MBA. Seguramente sus novias y señoras no debían estar nada de contentas con el estudio, ya que les impedía poder dedicarles tiempo a otras cosas.

Ir a la consulta de Berni pasó a ser prioridad en mi vida, me gustaba conversar con ella...me hacía bien, podía abordar todo tipo de temas. Ella me entendía, me dejaba descargar y sacar toda la mierda que llevaba tiempo consumiéndome. De la noche a la mañana perdí a mi todo. Borja era mi razón de vivir. Al principio mi *shock* era tal que no lo creía, lo negaba, no podía ser. Ahora, tanto tiempo después, estaba mejor, pero aún no lograba pararme del todo. No logro sentarme a planificar mi vida sin él a mi lado. A ratos me sentía desvalida, sin fuerzas, sin ganas, como si me hubiesen consumido. Aunque, no podía negar que comenzaba a tener pequeños progresos. Estábamos trabajando con una terapia para ir sanándome, atravesar el duelo para comenzar a vivir porque ya no quería seguir sobreviviendo. Comencé a darme cuenta que mi decisión de sacar las fotos, la ropa y otras cosas, como queriendo eliminar su recuerdo lo más rápido posible, en vez de ayudarme retrasaban mi proceso de sanación. Era como tapar todo con una alfombra, pero donde por debajo igual seguía vivo el recuerdo de Borja. Detecté que tenía que comenzar a trabajar de «*adentro hacia afuera*». No como lo había hecho hasta ese momento, si no que a través del camino inverso.

Las conversaciones con Berni eran intensas y profundas, tocábamos muchos temas. Ya no solo hablábamos de Borja, sino que también de varias otras cosas relacionadas conmigo, mi autonomía, autoestima y demases. Comenzamos a abordar estos aspectos porque estaba sintiendo que no era capaz de hacer bien las cosas, que no me iría bien en el trabajo, en los estudios, que no sería lo suficientemente interesante para otro hombre que no fuera mi marido. Lo que me pasó fue como un terremoto grado nueve, que me remeció por completo en todos mis frentes. Me debilitó. Tenía que salir a flote.

Nuestro compañero de estudios Cristián estuvo de cumpleaños. Nos invitó a todos los del grupo de estudio a la celebración de sus 40. Estaba tan entusiasmado con su celebración. Nos aseguró que cuando llegáramos al cuarto piso lo entenderíamos y probablemente haríamos una celebración como la de él. Su explosividad salía a la luz en todo momento, hasta su fiesta era en grande. En ese momento, celebrar esa edad, lo veía como algo sumamente lejano.

Fui a la fiesta de Cristián con Nicolás, mi gran e incondicional amigo y el mejor amigo de Borja. Cuando llegamos el ambiente estaba divertido, la gente hablaba feliz, algunos ya estaban en la pista de baile. La decoración era cervecera, sí, era fanático de la cerveza. Siempre les tenía en casa cuando iban a estudiar. Que estudiáramos en mi casa me obligó a tener la despensa llena, una cosa que no pasaba hacía meses, desde que se fue Borja. Comencé a acostumbrarme a tener una rutina para hacer el mercado, la cual había perdido. La fiesta fue en un *pub* que cerraron para el evento. La decoración hacía alusión a cervezas y era acogedora. La torta falsa estaba hecha de latas y botellitas formando una especie de triángulo, bastante alto, ubicada en medio de la mesa principal del evento. El festejado tenía una polera que decía «*Rey de la Cerveza*» con varias marcas estampadas en la misma. Sobre las mesas había unas flores de mucho colorido puestas en botellas de cerveza. Se veía precioso y delicado sobre los manteles blancos. Sobre la mesa de los postres se lucía una decoración que me pareció genial, le daba al ambiente un toque asombroso. Cristián estaba casado con María Paz desde hacía muchos años, ella contaba cómo había visto que su cabello claro se teñía de blancas canas y su cuerpo se había vuelto más macizo con los años. Tenían tres niños. Sobre la mesa había dos botellas grandes de cerveza con las caras de él y de ella; y tres botellitas, con las de sus hijos. Había un par de neones encendidos con varios tipos de marcas y pequeñas tortas en forma de cerveza, simulando latas o botellas. Había mucha gente en la fiesta, según mi cálculo había más de 70 personas. Nos sentaron en mesas asignadas. Me tocó compartir con Daniel, su novia, Andrés, Adela y otras dos parejas, cuyos hombres eran compañeros del MBA.

Hacía años que no iba a una fiesta. Afortunadamente, nuestra mesa era muy entretenida y el lugar encantador. La vestimenta era informal y hacía que fuese más relajado. Me puse unos *jeans* negros con una polera de tiritas roja. No pasé frío porque dentro del local el ambiente era agradable. El *DJ* se dedicó a poner música de los años 80 y los 90. Estuvo buenísima la noche y, entre las canciones del repertorio, recuerdo que sonaron: *Girls just wanna have fun,* de *Cyndi Lauper; Thriller,* de *Michael Jackson; Call me,* de *Blondie; I want to break free,* de *Queen; YMCA,* de *Village People* e *Its my life,* de *Dr. Alban.* Junto a Nico bailamos mucho, siempre había sido un excelente y animado bailarín. También lo hicieron Daniel y su novia Macarena. Me llamó la atención que Andrés y Adela casi no bailaron, se notaba como si hubiesen estado discutiendo. No presté mucha atención, sentí que no tenía por qué estar pendiente de ellos.

Esa noche conversé mucho con Macarena. Era psicóloga y tenía su consulta hacía unos años. Cuando los hombres se fueron a la barra y Adela tampoco estuvo cerca, conversamos de lo que había sucedido con Borja. Estaba segura que ella debía ser una excelente profesional en su trabajo, ya que a pesar de estar en una fiesta y con música a todo dar, fue capaz de hablarme del proceso que estaba viviendo. Me dijo que estaba en muy buenas manos y que conocía muy bien a Berni porque le había hecho clases en la universidad. Me aseguró que en la vida podíamos lograr vivir distintas vidas. Me dijo que quizás no lo entendería en ese momento, pero que con el tiempo lo haría. Me dejó pensando con sus palabras, pues no lo había visto de esa manera y creí que podía tener mucha razón. Maca era una chica dulce, bajita, de voz cálida, empática y sumamente cariñosa con Daniel. Pude notar, gracias a su mirada expresiva, que le devolvía todo el cariño. Me alegré mucho por ellos, se veían felices. Me habló de las constelaciones familiares asegurándome que eran sanadoras. Me explicó de que se trataba (no entendí muy bien) y que estaba estudiando para poder llevarlas a cabo. Me dijo que era una opción que podía tomar más adelante si es que lo necesitaba.

Luego de pasarlo muy bien —como no lo había hecho en años— haber probado una variedad de cervezas, probar unas exquisitas paellas y haber bailado con muchas ganas, Nico me fue a dejar a la casa. En honor a la verdad, estábamos ambos bien bebidos y nos reímos durante todo el trayecto. Me aseguró que siempre estaría para mí, para lo que necesitara. Le agradecí por todo y se fue.

Respecto al MBA hicimos un acuerdo para descansar de los estudios el día miércoles. Estábamos todos muy cansados, decisión que tomamos el mismo día por la mañana, ya que si nos juntábamos los avances no iban a ser para nada productivos.

Esa tarde llegué del trabajo con la intención de relajarme. Preparé un sándwich de pan integral y semillas, un café con leche de almendras y me di una ducha larga y reponedora con el claro propósito de acostarme. Cuando estaba a punto de quedarme dormida, sonó el timbre. Me asomé por la puerta y era Andrés.

—¿Por qué estás en esa pinta? ¿Vamos a hacer *pijama party* para estudiar? En todo caso ¡Te ves linda! Me gusta. —dijo mientras entraba. Me dio un poco de vergüenza, sentí mis mejillas rojas.

—Andrés ¿No leíste el chat de estudio?

—¡No!... Se me quedó el celular en casa esta mañana. No pude ir a buscarlo. Estuve todo el día tapado de cosas. —comentó risueño.

—Hemos quedado en que hoy descansaremos del MBA—le dije.

—Bueno, entonces, descanso acá contigo. No hay ninguna posibilidad de irme ahora a mi casa ¿Pedimos algo para comer? —se tumbó en mi sofá. Estaba especialmente guapo con su *look* ejecutivo. Me gustó que llegase a verme, aunque haya sido una simple coincidencia.

—Ok, pero dame cinco minutos para poder vestirme. —dije con las mejillas aún calientes.

Cuando volví ya había sacado los platos y unas copas. La mesa estaba puesta y todo preparado. Abrí un vino el que comenzamos a tomar esperando el *delivery*, mientras conversábamos fluidamente. Luego llegó la comida china y aunque no tenía mucha hambre, hice un esfuerzo por comer. Comenzamos a recordar viejos tiempos y a reírnos, mientras, la botella bajaba sin darnos cuenta. No se en que momento Andrés me llenaba nuevamente la copa, lo estaba pasando tan bien que no era capaz de notarlo.

—Me acordé de cuando salimos a comer chino al cumplir un mes de novios. ¿Recuerdas? Fuimos a un restaurante en Aviadores del Chaco. —comentó entre risas.

—Sí, me acuerdo. Fue la primera vez que me invitaste a comer, en realidad, la primera vez que un chico me invitó a comer porque fuiste el primero— le respondí.

—Me hubiese gustado ser el primero en otras cosas—dijo pícaro.

—¿Qué te pasa? —dije riéndome. Sabía a qué se refería.

—¡Nunca hicimos el amor! —quedé helada con su comentario, sin habla —. Me hubiese gustado hacer el amor contigo, Vicky. Te amé, pero siempre supe que no querrías hacerlo. —Andrés siempre era sincero. No se quedaba con nada adentro, aunque fuese una explosión de palabras.

—Tenía 15 años y fuiste mi primer novio. No era el momento, además te ibas a ir. No fue por falta de sentimientos, solo que no estaba preparada. —dije medio impresionada por el comentario.

—¿A qué edad fue tu primera vez? —me preguntó de golpe. Reí un poco porque en el fondo sabía a dónde quería llegar. Comprobaba que no había cambiado.

—A los 17. —contesté con cierta vergüenza.

— ¿En Chile? ¿Con quién? —siempre tan directo.

—Sí, fue en Chile. Cuando estaba en el último curso de colegio, con Gabriel. Fue mi pololo, como decimos nosotros, los dos últimos años de colegio. —a pesar de sus preguntas no me sentía incómoda. Me causaba curiosidad que quisiera saber de mí en ese plano.

—¿Cómo te trataba? ¿Después de él vino Borja? —continuó con el interrogatorio.

—Gabriel fue un buen novio, muy cariñoso. Tengo gratos recuerdos de él. Lo quise mucho. Estudiaba Derecho en Santiago. Es primo de Cata, por eso lo conocí un verano en Maitencillo, una playa de la zona central. Terminamos porque apareció otra chica; y sí, después vino Borja.

—¿Fue más importante que yo? —me hizo reír, nos reímos los dos.

—Y tú ¿Tuviste alguna novia antes de tu ex señora que fuese más importante que yo? —dije con mi cara llena de risa y tal vez algo coqueta.

—No, no tuve ninguna más importante que tú. Nunca me separé de una persona queriéndola aún, ni siquiera de mi ex señora — respondió. Me puse nerviosa, aunque me gustaba escucharlo. Lo había querido tanto en algún momento de mi vida.

—Bueno yo tampoco. Fue triste nuestra despedida, pero creo que el hecho de que no nos hayamos acostado no cambia las cosas en cuanto a los sentimientos que tenía en ese momento— le aclaré.

—¿Fui tu primer amor? Porque tú sí fuiste el mío— me lanzó de golpe.

—Sí, fuiste el primer amor ¡Eres muy fresco! Yo no puedo ser el primero tuyo. Pasaron muchas antes que yo. Solo por nombrar algunas, recuerdo a Josefina, Violeta y Achi. No olvides que te vi con todas ellas en tu casa cuando iba a ver a Flo. ¡No me engañas!

—Lo digo en serio. Ellas estuvieron antes que tú, pero no fueron importantes— su mirada era sincera, sentí que lo que me decía era verdad, aunque jamás lo había imaginado.

—¿Pasaste algo difícil con Borja? Me refiero a cuando aún estaba acá, antes de partir— prosiguió. Pensé en el aborto y respiré profundo. No sé cómo, pero le conté. Saqué algo que tenia guardado bajo llave.

—Sí, quedé embarazada justo cinco meses antes de que muriera, pero perdimos ese bebé. Tenía 12 semanas, todo iba muy bien. Estábamos felices con la llegada de un hijo o hija. Borja siempre quiso que tuviéramos un bebé, en realidad, siempre quiso formar una familia. Fuimos a hacer una ecografía y el examen reveló que tenía un aborto retenido. Su corazón había dejado de latir. Me tuvieron que hacer un legrado, un raspaje, fue muy triste todo. Estábamos muy ilusionados, menos mal que no alcanzamos a contárselo a nadie. De hecho, es la primera vez que hablo de este tema... creo que el vino me ha hecho hablar más de la cuenta. Andrés no dijo ni una sola palabra. Solo me abrazó por un buen rato, haciéndome cariño en la cabeza, hasta que pasamos a otro tema. Creo que no encontró las palabras adecuadas, tal vez no las había. Al recordar lo sucedido lloré en su hombro, a veces pensaba en ese niño o niña que no alcanzó a llegar y que, de haberlo hecho, en estos momentos no estaría con su padre a su lado. Nunca pensé que hablaría de la pérdida con alguien, menos con él. Los caminos de la vida me estaban sorprendiendo.

Finalmente nos tomamos dos botellas de vino. No descansé nada. Al día siguiente, estaba más cansada que si nos hubiésemos juntado a estudiar. Nuestra conversación me sirvió para re conocerlo y llevarme algunas sorpresas. Hablar con Andrés siempre me resultaba fácil. Nunca tuvo mucho filtro, quería saberlo todo y no se avergonzaba en preguntar. Eso era así desde que fuimos novios, cuando chicos. No se quedaba con nada adentro.

Al despedirse, me abrazó más de lo que pensé que lo haría, fue extraño, pero agradable a la vez y al salir de la puerta me susurró al oído.

—Nuestro problema fueron los tiempos. No estaban sincronizados, no se alinearon los planetas, no era el momento. Ahora anda a descansar. —me besó en la mejilla con ganas y se fue.

Un sábado al salir de clases, Andrés me invitó a comer y acepté. Me dijo que me llevaría a un rico restaurante italiano. Pobre, le dije que podía ser otro tipo de comida también. No me aburría de las pastas, pero no todo el mundo era igual. Insistió en que le gustaban. No estaba segura de cuánto le gustaban. Ese día decidí ponerme un vestido bastante escotado por delante, negro y corto, con medias, unos aritos de zircón y un punto de luz. Dejé mi largo cabello suelto y me maquillé con un poco más de esmero. Estaba comenzando a preocuparme más de mí ... me estaba sintiendo mejor. Andrés me pasó a buscar a mi casa y fuimos al restaurante.

—¿Cómo lo pasaste en los 40 de Cristián? La otra vez en tu casa no hablamos del cumpleaños. Bueno, me concentré en saber otras cosas de tu vida. Tenía mucha curiosidad. —dijo riéndose. Yo le seguí la risa.

—Muy bien, la fiesta estuvo buenísima. Hacía demasiado que no bailaba, en realidad, que no iba a una fiesta. La música estaba excelente y había buena compañía.

—Sí, me di cuenta que estabas contenta con Nicolás.

—¿Tú cómo lo pasaste, Andrés?

—Al principio bien, después más o menos.

—¿Por qué? ¿Qué pasó?

—Es que Adela es una celópata. Siempre le había dejado claro que no somos nada formal, me tiene cansado con sus rollos. Su cabeza es muy confusa, no la entiendo. Me exige demasiado, no me proyecto con ella.

—¡Uy! No debería ser así, es una chica súper guapa. No debiese ser insegura, es alta, delgada, bonita. —no dije más, pero era una mujer que llamaba y que quería llamar la atención.

—Hay algunas chicas que son más lindas que ella. —dijo mirándome con seguridad. Me incomodó un poco.

—Bueno, siempre hay gente más linda... Lo importante es que te guste a ti.

—¿Sales con Nico? ¿Tienen algo? Se nota que te contempla, Vicky. ¿No te has dado cuenta? —me pareció extraño su comentario, me descolocó.

—Nico era mi vecino cuando estudiaba el pregrado. Somos amigos desde hace años. Además, era el mejor amigo de mi marido, de Borja.

—Vicky, uno se da cuenta cuando miran a una mujer como él te mira a ti.

—No, estás súper equivocado. Ha sido un tremendo apoyo en todo este proceso, desde que Borja nos dejó. Somos solo amigos. De hecho, es tan amigo mío como de Vivi.

Me pareció tan extraño. Jamás he pensado que Nico me pueda ver como algo más que su amiga, seguro que Andrés estaba muy equivocado con su percepción. Seguimos comiendo, lo pasé muy bien. La comida estaba deliciosa, fuimos al «*Restaurante Don Giovanni*». A pesar de conocer varios de la ciudad, nunca había estado en este. La decoración era sencilla. Al terminar la cena me fue a dejar a la casa. Le agradecí pensando que ya se iría.

—¿Me invitas un café?

—Claro pasa, lo preparo. —mientras preparaba el café me preguntó qué haría para el receso que tendríamos en el MBA. Ni siquiera lo había pensado… hasta ese momento. Le dije que no había visto nada, que me quedaría en Madrid.

—¡Te tengo una propuesta, Vicky! —sus ojos tenían cierto brillo.

—¿Cuál? Es decente me imagino. —dije riéndome, él también se rio.

—¡Te invito a Asunción! —quedé sin habla, paralizada. Siempre había querido volver, pero jamás lo evalué. Tenía tan buenos recuerdos de mi estadía en tierras guaraníes. Seguro era otra de sus bromas, decidí seguirle la corriente.

—¡Ya vamos! —dije entre risas.

—Pide permiso en la empresa, nos vamos en diez días. — ¡Dios! No sabía ni en qué fecha sería el receso… estaba perdida en el calendario —. ¡Ya me has dicho que sí! No hay derecho a retractarse, tu pasaje ya lo compré.

Colapsé, no podía ser verdad, pero parecía ser que era. Estaba confundida, tomé asiento a su lado, lo miré con detalle. Estaba más guapo que nunca, su mirada me intimidó, siempre había sido especial conmigo, pero no podía creer su proposición. Confundida le hablé.

—¡Obvio que es una broma! Ya no me molestes más.

—¡No es broma, te vas conmigo! Verás a mi hermana, además hay varias de tus amigas del colegio que están allá. Será una linda experiencia para ti. Vas a reconectar con gente que fue importante en algún momento de tu vida. Por lo demás ya no puedes decir que no. —sacó su celular del bolsillo y me mostró el pasaje de avión. De Madrid a Asunción, ida y vuelta en Air Europa.

—Pensé que me estabas jodiendo.

—¡Yo no jodo, Vicky! Nos vamos.

—¡Espera! ¿Qué va a decir Adela? No creo que le guste la idea.

—Ya no hay Adela. Desde la fiesta de los 40 de Cristián no es parte de mi vida, aunque en realidad nunca lo fue.

—¿Ya no estás con ella? ¿Por qué?

—Porque no. Ya no se hable más, prepara todo y nos vamos. Mi hermana está feliz de verte, mi madre también.

Andrés ya había comprado los pasajes y le había avisado a su madre y hermana. No lo podía creer. Había tomado una decisión por mí y no me había molestado, muy por el contrario, me había alegrado. Volver a Asunción había sido uno de mis pendientes por tantos años. Recordé cuanto lloré cuando nos fuimos de esa linda ciudad que había marcado a todos en mi familia.

Así, sin más, pasaron los días hasta que me subí al avión junto a Andrés para ir a Asunción. Por suerte tenía el pasaporte al día, estaba guardado en un cajón sin la esperanza de poder usarlo para salir de Europa prontamente, menos para ir a Paraguay. Avisé en el trabajo, tenía varios días de vacaciones. No tuve ningún problema. Mi madre consideraba que era un panorama genial el volver a Asunción, además siempre había querido a Andrés y su familia. Mis amigas, Cata y Vivi, me empujaron a ir, hasta me pasaron unos bikinis y vestidos de verano para la estadía. Ya que considerando el calor que hace, probablemente me bañaría en la piscina. Por otra parte, Claudia mi amiga de la oficina, se haría cargo de Pepa, mi perrita. Sabía que en manos de ella estaría incluso mejor cuidada que por mí. Sin alcanzar a pensarlo, estaba arriba del avión.

## ASUNCIÓN, PARAGUAY

El viaje fue largo, salimos de noche. En el avión dormí, por suerte, ya que no me agradaba volar, siempre me ha puesto nerviosa, sobre todo las turbulencias. Con el descanso pasaron las horas más rápido, hasta que llegamos al pequeño aeropuerto Silvio Pettirossi.

Al bajar del avión sentí esa impresión típica que me había acompañado durante los años que viví allá. El ambiente era húmedo, el olor era fresco y acuoso, característico del país, me emocionó, aún no procesaba que en verdad estaba pasando, había vuelto a Paraguay.

Nos esperaba en el aeropuerto mi amiga Florencia junto a su hija Giuliana. No lo podía creer, estaba igual, aunque habían pasado más de diez años. Su hija era preciosa, muy parecida a ella, rubia con dos coletas y ojos pardos claros. La nena al ver a Andrés saltó de alegría. Él la tomó en brazos, su gesto fue muy cariñoso. Al vernos, Flo y yo, nos fundimos en un fuerte abrazo, como si el tiempo no hubiese pasado, como si más de diez años no hubiesen existido.

—Amiga ¡Dios mío! Tanto tiempo sin poder darte un abrazo. —me sonrió como cuando éramos jóvenes, ladeadamente —. Bienvenida de vuelta a Paraguay. —sus palabras me emocionaron.

Fuimos tan buenas amigas, en realidad, lo éramos. Saludé a la nenita quien me abrazó con facilidad, con una sonrisita acogedora y nos fuimos al auto. Al salir del aeropuerto, vi una bandera de Paraguay muy grande que flameaba con fuerza. Hacía tantos años que no la veía. Me impresionó mi reacción. Tuve una sensación fuerte en el pecho, de alegría y nostalgia a la vez. Ese lugar había sido mi casa por unos años, volver era mágico.

Al llegar a casa de los padres de Andrés en el barrio Manora, muy cerca de nuestro colegio y a unos pocos minutos de donde vivía junto a mis padres en aquellos lejanos años. El trayecto en algunas de sus calles de piedras me trajeron más recuerdos, esos adoquines que caracterizaban a la ciudad. Recordé que al llegar por primera vez a vivir ahí me impactaron, extrañaba las carreteras de Chile. Luego, al pasar el tiempo, los amé, hacían que la ciudad tuviese un hechizo especial, un toque romanticón. Contemplé sus pequeñas calles de piedras decoradas por esos árboles verdes, eso sí que no estaban, los preciosos lapachos que visten a la ciudad con esos preciosos colores en otros meses del año. De igual forma el paisaje era maravilloso, la mayoría de las casas vestidas de piedra roja, el color de la tierra tan característica del lugar, colorada.

La madre de Andrés, Teté como le llamaban, al igual que lo hacía cuando era una niña, me recibió con el cariño y efusividad de siempre. La madre de Andrés tiene una estatura media y posee una mirada penetrante como su hijo, de ojos pardos y de pelo medio rubio, delgada y esbelta. Su personalidad es brillante y extrovertida, una señora muy querida por la gente y conocida en las cercanías.

—Querida, si estás crecida. Qué placer tenerte con nosotros nuevamente. Espero no te vuelvas a perder tanto tiempo. —me estrechó entre sus brazos. Su mirada seguía siendo vivaz y encantadora.

—Es un placer para mí volver. —me dejé envolver entre la seda de su camisa, siempre tan elegante —. ¿Cómo está el señor Francisco? —pregunté. Recordaba con mucho cariño al señor de ojos cansados que siempre se entretenía hablando con mi papá sobre cortes de carnes.

—Bien, mi niña. Ya sabes, siempre esforzándose en el trabajo. —comentó Teté con dulzura. El papá de Andrés era dueño de una cadena de farmacias en la ciudad y desde que tengo memoria era un señor muy trabajador. Andrés tenía la misma energía que él.

Poco después de una conversación con Teté apareció Anita. Ella es la nana que trabajaba en su casa desde que éramos unos críos. Me dio una cálida bienvenida y sus mejillas arrugadas me llevaron a verla nuevamente en el patio de la casa gritándonos a Florencia y a mí, en guaraní, cuando hacíamos alguna macanada. Al final siempre nos perdonaba las travesuras culpando a nuestras dulces sonrisas traviesas.

—¡Victoria! No me acordaba que era hoy tu llegada. —exclamó con expresión arrepentida —. No te preocupes, de este viaje no te vas sin que te cocine mis famosas chipas.

—Anita, no te preocupes. —respondí besando su mejilla. —Aunque sean mi perdición puedo resistir un poco más antes de probarlas de nuevo. —sonreí traviesa.

Después de ellas, Andrés me presentó a Rocky II, un pastor alemán que había adoptado después de la muerte del Rocky de nuestra infancia hace unos años. Era un placer ver como se entusiasmaba jugando con el perro, brillaba en él un alma juguetona que el perro alababa con lamidas y saltos. A pesar de su tamaño y porte dominante Rocky II jugaba como cachorro.

Ese mismo día fuimos a recorrer la ciudad. Un paseo en auto, pues hacía mucho calor, el termómetro marcaba 39 grados centígrados, siempre con humedad. Andrés me llevó al centro histórico, la Plaza de Gobierno, la Catedral de Asunción. Al llegar a la Recova nos bajamos, en este lugar está la artesanía paraguaya. Desde que vivía allá me encantaba, es variada y rica en su historia; apreciada por los turistas e incorporada a la moda y costumbres de uso de la población en general. Camisas y ropas de *ao po'i*, joyas en filigrana, artículos hechos con ñandutí y cuero, principalmente. El bordado del *ao po'i*, palabra en guaraní que significa *«tela fina o prenda delicada»* es especial y, efectivamente, muy fino. Ñandutí, palabra que en guaraní significa «*tela de araña*», es un encaje de agujas que se teje sobre bastidores en círculos radiales, bordando motivos geométricos o zoomorfos, en hilo blanco o en vivos colores.

Compré algunas cosas de *ao po'i*, manteles e individuales preciosos, delicados y que visten una mesa de forma inmediata, sus entrelazados son dignos de admiración. Los adquirí en blanco y crema; además aproveché de comprar unos anillos de filigrana en plata para mis amigas. Luego de este contacto con la artesanía típica del país, seguimos recorriendo. Efectivamente pude comprobar que Asunción había crecido mucho, me impresionó, fue un gusto tan grande este reencuentro con la ciudad.

De noche, Florencia invitó a la casa de sus padres a varias compañeras de colegio que viven en la ciudad. Celeste, Leissa, Cynthia, María Teresa, Emiliana y Larissa, que eran mis amigas más cercanas. El encuentro fue emocionante, hacía tanto tiempo que no las veía. Habían sido parte tan importante de mi vida. Recordamos con alegría las juntas, los campeonatos deportivos, el colegio, las pijamadas, que generalmente se llevaban a cabo en ese mismo lugar. Nos trajo nostalgia y a nosotras volvieron más memorias. Algunas de mis amigas estaban casadas y con niños, todas tan amables y amorosas. Les hice un resumen bien ejecutivo de mi vida, pasando por Santiago, Madrid y Londres. Conté lo de Borja…varías me habían escrito cuando murió, pero no sabían la historia en detalle. No quise profundizar mucho, se mostraron muy empáticas El paraguayo se caracteriza por su amabilidad y cercanía. Después de este encuentro agradecí que Andrés me hubiese invitado, lo había pasado excelente. Había sido un momento que jamás pensé que ocurriría. Un gran regalo.

Teté me había dado la habitación que era de Florencia. Estaba muy parecida a cuando éramos niñas, al menos los muebles eran los mismos. El entrar me produjo un viaje a la niñez. Me invadió una sensación tan grata, tranquilidad, alegría, serenidad, paz. Estuve varios minutos observando cada rincón, conectando con el pasado. Esa noche me puse pijama y dormí como una niña.

La mañana siguiente fuimos al río Paraguay, al club en el que la familia era socia. Recorrimos en lancha hasta llegar al casco histórico de la ciudad, puntualmente al palacio de gobierno. Tomamos un poco de sol y navegar nuevamente por el río fue muy agradable. Andrés hizo esquí acuático, se manejaba a la perfección, igual que hace años. Durante el paseo vimos varias embarcaciones, es destacable que Paraguay tenga la flota mercante más grande de la hidrovía. Luego, comimos algo en el club a orillas del río. Surubí, un pez típico de la zona con mandioca (yuca) frita y una ensalada fresca. Me había olvidado de la belleza natural de Paraguay. El verde es impactante, hay verdes que van desde lo oscuro a lo fosforescente, esa vegetación frondosa y linda.

De noche salimos Andrés, Florencia, su marido Antonio, que es un ganadero con estancias en el chaco paraguayo y yo, al restaurante «*Tierra Colorada*», el cual ofrece gastronomía con los mejores productos y sabores que produce Paraguay, uno de los mejores de Asunción. La familia de Andrés, era muy amiga del dueño, nos atendieron como reyes, fue una excelente experiencia gastronómica. Este país es un gran productor y exportador de carne, ubicado entre los primeros cinco países del mundo, razón por la cual, me incliné por la carne con acompañamientos típicos del lugar que, junto al ambiente cálido amaderado con vidrios y plantas, hicieron que fuese una noche agradable. Me alegró ver a Florencia junto a su marido, a quien no conocía, no eran amigos en la época que yo vivía acá. La velada estuvo llena de diversas conversaciones y risas.

—¿Cómo conociste a Antonio? No lo recuerdo de nuestro grupo de juventud. —le pregunté a Flo mientras Andrés y Antonio se ponían al día.

—Lo conocí aquí en Asunción, pero después de volver de estudiar *Business* en Estados Unidos. No era parte del grupo de Andrés, pues él estudiaba en el Colegio Santa Ana, era mayor que nosotras por cinco años, pero el primo de él conocía a Andrés, así que por allí nos encontramos. —mientras terminaba de hablar volteó a verlo con dulzura. Fue lindo observar cómo se comía a su marido con la mirada. No era para menos, pues Antonio era un hombre bastante guapo, alto, con ojos vivaces y azules como el cielo y un cabello castaño claro.

—¿Cuánto llevan casados? Parecen ser muchos años. —interrogué motivada por su amor.

—No tantos, tres años solamente. Fuimos novios durante poco tiempo, dos años. Como con Borja y tú, la intensidad pudo más que el tiempo. —sonreí nostálgica ante su comparación.

Poco después, Andrés me llevó de vuelta a la casa. Al llegar, nos tomamos un bajativo en la terraza, frente a la piscina. La noche estaba cálida, agradable, corría un tenue viento que hacía que el clima estuviese casi perfecto. Estábamos tumbados en las reposeras de la piscina. Allí le agradecí.

—Te agradezco por haberme traído a Asunción. Ha sido una experiencia muy enriquecedora para mí. Sinceramente muchas gracias, Andrés. Me he reencontrado con el pasado. —dije mostrándole mi sonrisa más sincera.

—Yo sabía que estarías feliz aquí desde que te vi tan a gusto comiendo chipa y hablando de Paraguay. Pensé que sería una buena idea.

—Es que ha sido como volver a la niñez. Pasé momentos tan bonitos en este país, fuimos felices acá. Mi familia… —dejé la frase colgada en el aire.

—Sí, fuimos muy felices juntos —su comentario me sorprendió, aunque me gustó.

—La junta de ayer con las chicas del colegio estuvo genial. Me alegró mucho verlas a todas bien, contentas con la familia que han formado.

—Es que Asunción es un gran lugar para hacer vida de familia. Es pequeño, todos nos ubicamos, los trayectos son cortos. Me gustaría armar mi vida junto a mi señora e hijos acá.

—¿Volverás?

—Espero poder hacerlo. Por ahora estoy tomando experiencia para luego volver. ¿Y tú, Vicky?

—Cuando Borja falleció, mi madre quería que me fuese a Chile, pero tenía toda la vida que me quedaba en Madrid. Supongo que no me moveré, por ahora planifico solo vivo el día a día.

—Es muy duro, demasiado duro lo que te tocó vivir ¿Cómo lo llevas?

—Sí, ha sido muy rudo, quedar viuda tan joven. Ya lo he aceptado, el cariño y el amor a Borja siempre estarán presentes en mi vida. He aprendido de la muerte, de vivir con ella. Trato de avanzar...—Al hablar de Borja no me paralicé, no sentí ese dolor espantoso que tantas veces me acongojaba cuando hablaba de él. Estaba tranquila, estaba en paz, había mejorado.

—Me alegra que estés aprendiendo a vivir con su pérdida. Es obvio que siempre estará en tu vida, pero debes seguir con ella. Eres joven, todavía te quedan muchos años por vivir. —dijo con seguridad.

Seguimos tomando el bajativo. Yo con *Baileys*, Andrés con su *Whisky*. Nos quedamos conversando de varios temas. Cuando decidí ir a acostarme eran más de las cinco de la madrugada. Me reí mucho, fue agradable. La conversación con él era fluida, me gustaba escuchar de sus planes, de su pasión por el deporte, de sus aventuras, de sus viajes. Por otra parte, tenía una manera de expresarse muy simpática, lo que me hacía reír. Lograba meterme en las historias que me contaba, como si fuese una película en colores. Esa noche también hablamos de mi matrimonio junto a Borja, logré abrirme con él... sentí confianza una vez más, esta situación no se me daba con facilidad, sin embargo, con él era distinto. Volví a dormir como una niña pequeña, como tantas veces lo había hecho en esta misma habitación junto a Florencia.

En la mañana, al levantarme, Andrés estaba preparando unos huevos revueltos que luego me sirvió. Pensaba que eran para él, pero me dijo que los había preparado para mí indicando que eran su especialidad. Estaban bien ricos. Luego, nos quedamos en la isla de la cocina conversando un buen rato. La cocina era acogedora, esta isla tenía varias sillas alrededor y de críos siempre nos reuníamos ahí.

—Gracias por los huevos, están deliciosos.

—Es una de mis especialidades, te los preparé con mucho cariño. —sonreí mirándolo a los ojos. Su mirada me ponía nerviosa. Creo que se dio cuenta.

—Hoy vamos a ir a nuestra casa de fin de semana al pueblo de San Bernardino. ¿Te parece buena idea? Mañana llegarán mis padres, Florencia, Antonio y Giuliana. Es un lugar precioso para descansar.

—Sí, claro. Me acuerdo de ella y de las puestas de sol que desde allí veía. La casa es divina.

—Verdad que me comentaste que te acordabas, es muy lindo. La idea es descansar, aunque deberíamos avanzar un poco lo pendiente del estudio.

Fuimos al supermercado «*Casa Rica*», tenía una amplia variedad de productos, era muy acogedor y del tamaño ideal, nunca me han agradado los grandes supermercados. Compramos varias cosas para llevar, quise pagar la cuenta, pero no lo logré. No fue posible que me dejara pagar, ya me sentía avergonzada por todas las atenciones, era correcto hacerlo. Nos pusimos a discutir en la caja, ambos con las tarjetas de crédito en la mano, confundiendo a la cajera que con paciencia nos miraba. Me avergoncé porque unas señoras que estaban presenciando la «escena» comenzaron a reírse con simpatía, no seguí insistiendo.

Al salir del lugar, Andrés se encontró con un amigo. Nos invitaron al *pub* Kilkenny. La invitación era para dentro de unos días más. Comentó que la música en vivo era excelente. Nos subimos a la camioneta y partimos. Mientras Andrés manejaba seguíamos peleando por lo de la cuenta. En algún momento tendría que ingeniar alguna idea para devolverle todas las atenciones. A veces era muy testarudo.

El pueblo de San Bernardino está a una hora y media aproximadamente de Asunción. Los paraguayos le llaman SanBer, se encuentra a orilla del lago Ypacaraí. El paisaje que conforma el lago es muy bello, rodeado por cerros con espesa vegetación. Realmente es un panorama digno de un libro. Como este país no tiene mar convierten este lago en el balneario al que acuden en el verano.

La casa de los padres de Andrés está en altura, sobre el cerro. Tiene una vista extraordinaria al lago. Se mezclan los colores verdes de la abundante vegetación con los tonos azules y marinos del lago, dando un colorido excepcional, una piscina sin fin terminaba de dar el toque perfecto y tranquilo al lugar. La residencia tiene varios dormitorios en *suite*, para recibir a la familia completa y amigos, una terraza amplia a la altura de la casa y la pileta en el mismo nivel. A un costado hay escaleras que permiten llegar a un pequeño parque donde tienen una cancha de fútbol. Es un lugar tranquilo y no hay casas cerca, lo que da una sensación de paz y contacto con la naturaleza impresionante. Hacía tanto tiempo que no visitaba un lugar así. Cuando llegamos estaba Eli, la nana de toda la vida que junto a su pareja cuidaban la casa. Al llegar, ella nos tenía preparado el almuerzo. El día estaba con una temperatura tan agradable, lo que nos permitió almorzar en la terraza. Andrés preparó sangría para un pequeño picoteo que disfrutamos antes del plato principal.

—¿Qué te ha parecido SanBer? ¿Te ha gustado el mini paseo que hicimos en auto antes de llegar?

—Imagínate, Andrés, lo contenta que estoy. Llevo tantos años viviendo en grandes ciudades, Madrid, Londres, llegar a ver esto es...—suspiré.

—¿Viviste en Londres? Me encanta esa ciudad. —exclamó sorprendido.

—Sí, junto a Borja viví dos años ahí ¿No te había contado? —seguía muy tranquila al hablar sobre él.

—No, no me habías contado nada.

—Fue una gran experiencia, a Borja lo mandó la empresa en la que trabajaba. Yo también trabajé allá en una constructora. Nos quedamos en allí dos años, resultó ser una experiencia enriquecedora. Viajamos mucho, prácticamente por todo el Reino Unido.

—Vaya, no sabía ¿Eras feliz con él? —cuestionó.

—Sí, lo era, fue un gran compañero. —sonreí nostálgica.

Comenzamos a conversar de mi estadía en Londres y de mi vida con Borja, con mucha naturalidad, sin miedo, con una tranquilidad que me sorprendió. Le conté de los viajes que hicimos. Pidió saber cuánto tiempo habíamos estado juntos en pareja y de casados. Le contesté todas las preguntas que me hizo, disfrutando de su compañía. Se rio tantas con ganas cuando le conté como nos habíamos conocido, yo también lo hice.

—O sea, Vicky ¿Le gustaste desde qué te vio en el suelo?

—No, no creo, estaba horrible. Solo estaba impresionado por la tremenda caída.

—¡No creo que hayas estado horrible, eres una mujer demasiado linda! Incluso desde el suelo lo debes haber enamorado inmediatamente. A mí me hubieses enamorado también. —me puse nerviosa y percibí una extraña sensación de alegría porque me había dicho que era linda. Sin pensarlo hablé.

—Tú también eres guapo, Andrés. De chica te miraba en el patio del colegio cuando no sabías de mi existencia.

—Siempre supe de tu existencia, Vicky. Solo tuve que esperar un tiempo para que no se notara tanto la diferencia. —me dijo con una sonrisa pícara.

—¡Mentiroso! Si cuando íbamos las chicas y yo a tu casa apenas nos saludabas con una seña y bien a la distancia.

—Yo no miento, es que desde los 14 a los 15 ya no pude seguir haciéndome el tonto. —al escucharlo mi mente se trasportó a aquellos años en los que sentía tantas cosas por él. Ese instante me parecía mágico estar hablando con el mismo Andrés al que le había perdido la pista por tanto tiempo.

—Éramos unos críos—dije nostálgica.

—Fuiste importante para mí, Vicky. Siempre te recordé con especial ternura. Fuiste a la primera mujer que amé de verdad. —sentía mis mejillas rojas. No era la sangría y no era el calor, de eso estaba segura.

—Tú también, Andrés, fuiste importante para mí. Me pasa lo mismo, siempre me acordé de ti con especial afecto. —en ese momento preciso sonó mi celular. ¡Salvada por la campana! Era Nico, quería saber cómo estaba. Me disculpé y atendí la llamada que literalmente me salvó de la conversación. Estuvimos hablando un rato no muy largo, hasta que me fui a sentar nuevamente.

—Perdona, Andrés, era Nico para saber del viaje y cómo lo he estado pasando.

—Ese tipo está colado por ti. —se escuchaba incómodo.

—Ya te dije que somos amigos. No podría mirarlo con otros ojos. Su intensa mirada comenzaba a perderme, como mezclando los recuerdos con la actualidad.

—¿Y a otros amigos podrías llegar a mirarlos con otros ojos? —dijo desafiante.

—Depende del amigo que sea. No con cualquiera...

—¡Qué bueno saberlo! —dijo Andrés clavándome la mirada, esta vez sin dejarme escapar de ella.

Luego de almorzar me fui a poner traje de baño porque quería nadar en ese lugar paradisíaco. Mientras estaba en el agua disfrutando de su tranquilidad y calidez, llegó Andrés con dos colchones inflados para la piscina. Nos tendimos uno en cada uno mientras conversábamos. Se escuchaba la música que tenía puesta en la terraza, sonaba a lo lejos el grupo REM, que me gusta mucho. Luego de un rato, nos salimos de la piscina y me preguntó tumbados en la reposera.

—¿Te has echado factor solar, Vicky?

—Sí, solo no he podido hacerlo en la espalda, pero no he estado boca abajo. —se paró, se veía espectacular en traje de baño. Su cuerpo estaba más desarrollado que a los diecisiete años. Sus músculos estaban marcados. Se veía más guapo, definitivamente los años le habían sentado bien, demasiado bien.

—Date vuelta, te pondré el factor. Luces transparentes, efectos del invierno madrileño.

—Ok. —me di vuelta y comenzó a esparcir la crema por mi espalda. El sentir sus manos en mi piel me obligó a respirar de forma lenta y profunda para mantener la calma.

Seguimos al sol por un rato, luego me levanté para ir a la sombra de la terraza. Andrés se volvió a tirar a la piscina y después se fue a dormir la siesta. Mientras, yo me quedé leyendo por un buen rato, hasta que decidí tomar una ducha. Hacía tanto tiempo que no había parado en mi vida. Me vino demasiado bien, lo necesitaba.

Ya en la tarde vimos la puesta de sol. Los colores eran como los recordaba, iban desde el amarillo a los naranjas. Un completo espectáculo, como en las reminiscencias de mi niñez.

En la noche, el jardín y la piscina estaban iluminados. Se veían las luces de Areguá, el pueblo que está al otro lado del lago. Comimos en la terraza con una vista de película y nos tomamos un vino carmenere chileno. Conversamos de todo y nada a la vez. Nos enfocamos en temas del MBA principalmente, de lo que haríamos los próximos días. No hubo ningún tipo de comentario de parte de él que se asemejasen a los del almuerzo. Me fui a acostar muy contenta, hacía demasiado tiempo que no percibía esa emoción. ¡Había sido un buen día!

Al día siguiente llegaron los padres de Andrés junto a Florencia y su familia. Él hizo un asado para recibirlos. La carne paraguaya es simplemente deliciosa, estaba exquisito y el clima muy agradable. Estuvimos toda la tarde en la piscina, en la pileta como dicen los paraguayos. Giuliana nos pidió que jugáramos con ella y nos hicimos cargo de la pequeña mientras todos dormían siesta. Nos tocó jugar a las muñecas, bañarnos con ella, saltar en la cama elástica, darle la merienda, ducharla, lavarle el cabello y darle comida para luego ponerle una película. Quedamos los dos agotados. El nivel de energía de ella era inmensamente superior al de nosotros. Finalmente estuvimos todo el día a cargo, ya que Florencia y Antonio salieron a eso de las cinco de la tarde a la casa de unos amigos. Pues, era un placer para ellos disfrutar de tiempo a solas, ya que, desde que la nenita había nacido y Flo abandonado el trabajo temporalmente para criarla, los tiempos se habían reducido, sobre todo con ella ayudando a su marido en varios de los negocios.

Volvimos a Asunción después de unos excelentes tres días de descanso en SanBer. Estaba con un color que me hacía bien. Los rayos de sol habían logrado broncear algo mi blanca piel. Durante el viaje nos veníamos riendo todo el rato. Me contó Andrés el viaje completo que hizo a Europa al salir de la universidad con unos amigos, les pasaron mil y una cosa. Le dije que debería escribir sus memorias, pensaba que era la mejor forma de no olvidar las cosas. Perdieron conexiones por quedarse dormidos, un amigo perdió la tarjeta de crédito, otro nunca llegó a encontrarse con ellos por quedarse un día más con una chica dejando a todos preocupados, otro se gastó toda la plata en el casino. Sus historias hicieron que el viaje pasara volando.

Esa noche fuimos al *pub* Kilkenny, al que lo había invitado el amigo que encontramos en el supermercado. Estaba muy cerca de la casa de Andrés y frente al colegio. De hecho, nos fuimos caminando, nos demoramos ocho minutos. Su decoración era irlandesa, me trajo memorias de cuando estuve recorriendo los *pubs* de Dublín con Borja. Este era más pequeño, una muralla de ladrillos a la vista se distinguía atrás de la larga barra. Sobre la misma colgaban varias lámparas que iluminaban en tonos anaranjados, en la barra había máquinas de shop de cerveza, tenía varias pantallas, algunos neones de distintas marcas de cervezas, varias mesas y un escenario no muy grande. Llegó un grupo a tocar, la música estaba excelente. Bailamos frente al escenario, coreando las canciones de los ochenta y noventa en su mayoría de procedencia inglesa. Picamos un par de tablas, nos tomamos unas buenas cervezas bien heladas, luego seguimos con vodka. Conocí y reconocí a algunos amigos de Andrés, estuve conversando especialmente con Pablo y Verónica. Era al que más conocía, siempre estaba en la casa de Andrés y Florencia en aquellos tiempos de antaño. Ellos tenían dos niños pequeños, estaban felices porque los habían dejado durmiendo en la casa de la abuela, por lo que estaban disfrutando, sabiendo que al día siguiente no tendrían que madrugar. Al salir del local estaba con bastante alcohol en mi cuerpo. De hecho, me apoyé en Andrés para caminar. Los altos tacos, la calle de piedra y el alcohol no eran una buena combinación. Esta vez nos demoramos más en llegar a su casa, seguramente por nuestro estado. Durante la caminata me abrazó con fuerza, me sentí cómoda.

—Vicky, lo he pasado genial esta noche. Me gusta estar contigo. —dijo con sus ojos pegados a los míos. Me puso nerviosa.

—Yo también lo he pasado genial. Tu amigo Pablo y Verónica son demasiado buena onda, divertidísimos. Pablo está igual que hace más de diez años, un poquito más panzón. —dije entre risas.

—Prométeme que cuando regresemos a Madrid vamos a pasarlo así de bien y que vamos a seguir saliendo.

—Te prometo que lo intentaré. Acuérdate que nos vamos a ver mucho para estudiar.

—¡Joder, en que mierda nos hemos metido, Vicky! —estallamos en risa. Sinceramente, era para volverse loco por todo lo que había que estudiar. Estábamos llenos de trabajos, pero ya nos habíamos metido, no había vuelta atrás.

Al llegar, Andrés fue a la cocina a buscar algo para comer, ya eran casi las cinco de la mañana. Preparó unos sándwiches mientras yo estaba tendida en las reposeras del jardín. Luego, llegó con una bandeja con ellos junto a unas cervezas y una bebida *light*. Comimos en el patio, el siguió tomando, pero yo seguí con mi refresco, ya no podía más. Se sentó a mi lado, bien cerca y me habló.

—Esta noche estás realmente preciosa. Esos *jeans* blancos te quedan increíble. Eres hermosa, siempre lo has sido, pero los años te han sentado bien. —su mirada era más intensa que nunca. Mis manos comenzaron a humedecerse, no quería dejar de mirarlo, cada vez me estaba gustando más hacerlo.

—Gracias, Andrés, tú también eres muy guapo… siempre lo has sido.

—Quiero que lo pasemos bien juntos. Quiero que te sientas bien conmigo. —se acercó un poco más.

—Lo paso muy bien contigo. Estos días han sido de alegría constante, algo que no sentía hace mucho tiempo.

—Eso es lo que debe querer Borja, que comiences a sonreír más. Te quiero ayudar a hacerlo. —me vino la culpa encima, como una avalancha de nieve, una ola demoledora, no podía.

—¡No hables de él! —exclamé.

—No mal interpretes las cosas, no he dicho nada malo. Escúchame. —trató de alcanzarme con su mano.

—No sigas, por favor. No quiero hablar contigo de Borja. No ahora, Andrés.

Me fui a acostar. La culpa y el miedo habían pasado a ser mis peores enemigos, me estaban nublando, estaba nuevamente en esa oscuridad de la que no tenía como salir. Al llegar a la pieza no fue como los otros días donde había sentido una paz absoluta, volví a tener esa pena que me estremecía. Borja ya no estaba conmigo, pero no podía comenzar a sentir algo por otra persona. Solo pensaba en Borja, mi Borja. Sentía que estaba cometiendo un pecado, que le estaba comenzando a ser infiel, aunque no había hecho nada. Esa noche no logré dormir.

Al día siguiente actuamos con normalidad. Andrés era muy inteligente y sabía claramente cómo llevar las cosas de la mejor manera.

Entendía que en ese momento no sacaría nada hablando conmigo, por lo que ignoró lo sucedido en el jardín la noche anterior.

—Vicky, hoy vamos a ir a dar un paseo en auto para que veas un poco más de Asunción e iremos a la costanera ¿Te parece?

—Perfecto. Ya es el último día y me gustaría sacar algunas fotografías. —nos subimos al auto. No hablamos, puso música del grupo Travis y manejó hasta parar en una calle. Lo miré con asombro.

—Supongo que quieres una foto en este lugar o ¿Me equivoco?

—Andrés, me has dejado impactada. —me bajé del auto. Era la casa en la que viví esos años en Asunción. Mi mirada la contemplaba, mientras, podía visualizar todo lo que viví en ese lugar. Fue como retroceder en el tiempo y verme a mí misma en esas escaleras con mi uniforme deportivo del colegio. Sus majestuosas escalinatas de ladrillos, combinada con toda la fachada, terrosa, imponente y soleada. La puerta de color rojo que marcaron tantas idas y venidas parecía brillar más ahora que la veía con ojos nostálgicos. El verde casi abrumador del jardín, el perfecto contrapunto para tanta calidez y las ventanas blancas con pequeños cuadros dentro de ellas me invitaron a soñar con aquellos días, primeros amores y dolorosas despedidas. Comencé a llorar. Los recuerdos me consumieron. Andrés me abrazó con fuerza.

—Tranquila, Vicky. Te he traído a este lugar, a tu casa, para darte una sorpresa, para que sonrieras. No llores—sentí sus pulgares en mi cara. Me estaba secando las lágrimas, mientras me miraba sin pestañar. Su tacto era profundo, me gustaba que me tocara y me acariciara. Quise que ese momento se congelara. Estuvimos abrazados varios minutos en la puerta de mi casa, deteniendo el tiempo. Recordé con angustia que en ese mismo lugar, donde estábamos parados, nos despedimos cuando se fue a estudiar fuera de Paraguay. Esa vivencia quedó clavada en mi historia, puedo ver y sentir lo que me pasaba en ese instante. Éramos chicos, pero aun la imagen de su cara triste al irse de ahí me conmovía. Llegué a sentir esa sensación de vacío que había vivido hacía más de diez años. Nos subimos al auto. Ya estaba mejor, era muy sensible e impresionable. Siempre fui así desde que era pequeña.

—Gracias por llevarme a mi casa. —comenté más calmada.

—No pensé que ibas a reaccionar así ¿Qué te ha dado tanta tristeza? Porque tu cara me confirmó que no era un llanto de alegría o emoción.

—Me vi en esa casa. Fuimos muy felices acá, marcó una parte importante de mi vida. Pensé que la había olvidado. Últimamente he estado tan enfocada en superar lo de Borja que he dejado atrás momentos que debiese atesorar.

—Nunca es tarde para recordarlos, Vicky. —sonrió triste.

—Además en ese lugar te vi por última vez, en la vereda de mi casa. Fue donde nos despedimos. Me he acordado de eso y me ha dado mucha angustia. Aún recuerdo cuando te fuiste, estabas con unos *shorts* azules y una polera blanca. Yo quedé destrozada. —no sé cómo fui capaz de decir eso. No lo medité, solo salió. Fue liberador. Andrés paró el auto.

—Yo también me acordé de eso, Vicky. Exactamente en el mismo lugar en el que estábamos abrazados; para mí no fue fácil dejarte. Éramos unos críos, era un amor puro, te amé y mucho. Tú estabas con un vestido azul corto, con una coleta...—Dios, se acordaba. Efectivamente así mismo estaba vestida ese día.

Me abrazó como nunca lo había hecho, fue con el alma. Se lo retribuí de la misma manera. Le acaricié la cara y lo miré a los ojos. Contemplé lo guapo que se veía en ese momento. Era de alto impacto, su mirada era potente y su cabello despeinado me gustaba y me estaba comenzando a gustar cada vez más. Luego, me alejé pidiéndole que siguiéramos el recorrido. Encendió el auto y llegamos a la siguiente parada, el colegio. Entramos con el auto, lo estacionó. Me bajé y comenzamos a caminar para entrar. Me tomó de la mano. No lo solté, se sentía agradable, me hacía sentir bien.

—¿Estás seguro que nos dejarán entrar?

—Tengo todo controlado. Ven. —de la mano y sintiendo su cariño en la mía, entramos al gimnasio. Lo miramos con detalle. Luego, me llevó a la biblioteca. Pasamos por fuera de las salas y entramos a la cantina para comprar unos jugos para el calor, hasta sentarnos bajo un árbol de mangos. Nos daba sombra mientras mirábamos a un grupo de alumnas jugar básquetbol. Debían tener unos 15 años. En la cancha de al lado había un grupo de niños jugando fútbol; seguro eran del mismo grado.

—Así mismo jugábamos nosotros, Vicky. Mira como ese rubio se sale del fútbol para ir a abrazar a esa nena. —nos reímos.

—Nosotros hacíamos lo mismo.

—Sí, pero tú eras más linda que ella. —me sonrojé.

—Me estás poniendo nerviosa…

—Esto sí que te hará poner nerviosa. —sus ojos brillaron pícaros — ¿Recuerdas cuando ibas pasando por fuera de la sala de música y te agarré con fuerza, te metí ahí dentro y te besé con tantas ganas?

—No seas malo. Sí me acuerdo, como olvidarlo si me raptaste, literalmente.

—Si esa sala de música hablara, estaríamos perdidos los dos.

—No hicimos nada.

—¿Cómo que nada, Vicky? Fue un encuentro fogoso. Te toqué por debajo de la polera—sonreí.

—Bueno, nada que no hagan dos personas que se quieren. —me abrazó y me besó en la frente.

—Vamos a la próxima parada.

—¿Dónde vamos?

Paró el auto en una casa, tocó el timbre y me volvió a besar en la frente, esta vez con más intensidad. Cuando salió mi amiga Cynthia a buscarme, Andrés me dijo al oído que lo pasara bien, que luego me vendría a buscar. Ella, con su largo y ondulado cabello color miel, vestía un largo y aireado vestido rosa que en su figura esbelta y alta parecía un elegante flamenco. Me introdujo a la casa que compartía con su marido, con sus ojos verdes llenos de complicidad. Al entrar estaban mis amigas reunidas listas para almorzar. Me emocionó verlas a todas sentadas en esa mesa tan linda, decorada con pequeños recipientes con flores de colores, sobre un delicado mantel de *apoi*. Habían llevado fotos de los tiempos del colegio. Fue emocionante ver aquellas que me transportaron al pasado, a esos momentos, campeonatos deportivos, fiestas de 15 años, pijamadas, a la sala de clases y excursiones. Eran muchísimas fotos. Las proyectaron, se sentía más emocionante aún. Tomamos algunos vinos y sirvieron de almuerzo lasaña vegetariana y tradicional. De postre había ensalada de frutas y una deliciosa torta de chocolate con dulce de leche.

En aquella ocasión logré hablar más. Pude expresar mis sentimientos con facilidad, me sentí cómoda, como había sido siempre con ellas desde hace más de 10 años. Estaban todas expectantes, querían saber que ocurría con Andrés. Les conté que nos habíamos reencontrado en el MBA. Les confesé que me sentía muy bien con él, que nos unía una gran amistad y que había sido un apoyo importante para mí en el proceso de avance durante los últimos meses. Me interrogaron sobre todo, mi vida en Londres y en Madrid. Les hablé detalladamente de lo que había vivido con Borja, de su partida. De la dependencia que desarrollé junto a él. De cómo pensaba que ésta se había intensificado debido a estar solos viviendo en un país extranjero (eso hacía que te unieras mucho más cuando las cosas estaban bien. Agradecí que nuestro caso haya sido así, esa vivencia nos terminó por consolidar como matrimonio).

En algún momento proyectaron una fotografía en la que salíamos Andrés y yo, abrazados sobre una lancha en el río, ambos con traje de baño y anteojos de sol. Recordé el día en que fue tomada, sentí como soplaba el viento en mi cara. La foto lo revelaba, estaba despeinada. Andrés ya estaba por irse, estábamos con esas ganas de parar las horas, congelarlas, no permitir que el calendario avanzara. Me encontraba triste, pero aprovechando lo que quedaba. Una de ellas, Celeste, me dijo algo que me quedó dando vueltas. Sus palabras textuales fueron «el amor existe, hay distintos tipos y en distintos momentos. No dejes pasar a una persona que quisiste tanto, que no pudo ser porque los tiempos no calzaron. Tal vez tenías que vivir y amar a Borja, para luego volver a amarlo a él». Sus palabras fueron muy intensas. Celeste se caracterizaba desde que éramos niñas por ser una persona muy profunda, tanto como el verde que dominaba sus ojos, con mucho sentimiento a flor de piel que se desbordaba, probablemente, porque su cuerpo era muy pequeño para contenerlo. Siempre escuchaba atentamente, meditaba un par de minutos y luego daba sus comentarios. Ella perdió a su madre cuando era muy joven, por fotos sabemos que tienen el mismo cabello ondulado y castaño claro, quizá esa difícil situación la hizo tener esa madurez e intensidad característica de su personalidad.

Leissa me contó mostrando su hermosa sonrisa que ella y su marido habían sido novios un tiempo. Luego cortaron, pasaron dos años y se reencontraron. Me aseguró, con sus ojos color almendra llenos de sinceridad, que el haber estado separados les sirvió a ambos, les entregó madurez para comenzar nuevamente la relación de otra manera. Mi amiga Lei, como la llamábamos, siempre fue una persona muy ponderada, muy fuerte, muy detallista, no tan emocional como Celeste. Aún se mantenía tan delgada como en nuestra juventud y con el mismo cabello castaño y brillante. De las tres, es la más alta alcanzando una estatura cercana al metro setenta. Me dejó ver su experiencia. Yo sentía que en esos momentos dejarme llevar por los sentimientos hacia Andrés era como una traición.

Salí alegre de la casa de Cynthia. Haber estado con mis amigas de la niñez me había llenado el alma y había logrado comprobar que, aunque el tiempo transcurriera, había amistades que perduraban. Seguían siendo mis amigas, podía confiar en ellas sin miedo. Haber venido a Asunción había sido un regalo. Me pasó a buscar Andrés, le conté lo bien que me hizo estar con mis amigas de la infancia. Nos fuimos donde sus padres y cenamos con ellos. Les entregué unos chocolates que les había comprado con una tarjetita de agradecimiento y en la madrugada, despegamos a Madrid.

## MADRID

Ya de vuelta en casa, Claudia, amablemente me vino a dejar a Pepa. Su alegría al verme fue sorprendente. Saltaba de felicidad, mi pequeña compañera buscando cariño. Yo también la había extrañado. Claudia me comentó que se había portado muy bien y que su hijo de seis años había enloquecido con ella. Le dije que podía venir por ella para jugar en algunas ocasiones. A Pepa le encantan los niños, le aseguré. Además, era muy probable que tuviese que volver por trabajo a Manchester, por lo que dejarla en su casa me dejaba mucho más tranquila que en un hotel. Claudia, era una mujer muy completa, muy sabia, profunda, espiritual y tranquila. Era de esas personas con las que daba gusto conversar. Ese día se quedó en mi casa un buen rato. Quiso saber del viaje.

—¿Qué tal lo has pasado? ¿Qué ha sido lo que más te ha gustado? —cuando me hizo esa pregunta me di cuenta que el viaje completo me había agradado y entregado momentos de alegría.

—Clau, lo pasé muy bien. Todo el viaje fue divino. Estuve con mis compañeras de la infancia, me alegró tanto verlas con sus vidas tan armadas y contentas con las familias que han logrado construir. Por otra parte, comprobé que pueden pasar años y en solo un par de minutos volver a reconectar con ellas y comenzar a hablar con la misma confianza de hace años. Eso me alegró de sobremanera.

—Es que esa es la gracia de la vida, Vicky, por eso siempre hay que atesorar a las personas que nos han acompañado en distintos momentos. Por alguna razón compartieron contigo una experiencia determinada o un periodo de tiempo. —eso me hizo pensar. Era así, como ella decía. Cada buena amiga que he tenido ha marcado un momento determinado de mi vida. No podría decir cuál es la mejor, cada una cumplió una función cuando tenía que hacerlo, dejando huella en mi corazón.

—¡Tienes razón, no lo había visto de esa forma! —exclamé maravillada.

—¿Cómo estaba Asunción?

—Ha crecido muchísimo, estos años la han cambiado bastante. Aunque sigue siendo ese lugar agradable, rodeado de verde, como me gusta tanto. Más tranquilo que estas grandes capitales. Andrés me ha llevado a ver la casa donde viví y al colegio. Ha sido realmente alucinante volver.

—¿Y Andrés? —preguntó con una sonrisa ladeada.

—Bien, se portó excelente, es un caballero.

—No me refiero a eso. Me doy cuenta como es contigo cuando va a buscarte a la oficina, todas lo notamos. —elevó sus cejas.

—Se portó excelente. No tengo como agradecerle. —insistí en mi respuesta.

—Seguro que tienes como agradecerle. —me dijo subiendo una ceja.

—No te voy a negar que me siento muy bien con él a mi lado, pero no soy capaz. Aún estoy enamorada de Borja y no creo que se pueda querer a dos personas a la vez.

—Yo pienso, Vicky, que son dos formas de querer disímiles. No son comparables porque son diferentes, en distintas etapas de tu vida y acorde a realidades alternas. Piensa en eso. —una vez más me dejó recapacitando. Yo sentía que estaba traicionando a Borja, como si fuese infiel por el solo hecho que otro hombre llamara mi atención.

—Pienso que es una deslealtad a Borja. Pensar en otra persona, sentirme atraída por otro. No puedo hacerlo.

—Vuelve a lo que te acabo de decir, Vicky. Son amores diferentes. Tú sabes que soy una persona que piensa que el amor nunca se va cuando pasa una situación tan difícil como la que te pasó a ti. Borja siempre estará en tu corazón, en tus recuerdos y en tu alma. Pero puede haber espacio para otra persona también. ¡El corazón es un músculo que logra crecer! —esa última frase la dijo riendo. Sabía que entendería a que se refería.

Luego de una animada reunión y quedando la casa con ese olor a café que me gustaba tanto, Claudia se fue.

Esa noche le mandé un mensaje a Andrés dándole las gracias por el viaje a Asunción. La conversación con mi amiga me impulsó a hacerlo, sin darle demasiadas vueltas a las palabras escritas.

Para: Andrés Ávila.
De: Victoria Bassi.
*Andrés, solo quiero agradecerte por todo. Jamás pensé que lo pasaría tan bien en Asunción. El viaje estuvo por encima de mis expectativas. Siempre estaré agradecida. Hacía tanto tiempo que no disfrutaba de esa manera. Después de los momentos difíciles que he vivido me he dado cuenta que hay cosas que aún me logran hacer feliz. Un beso.*

Unas horas después me respondió.

Para: Victoria Bassi.
De: Andrés Ávila.
*Vicky, me alegra mucho que lo hayas pasado bien. Para mí, fuiste la mejor compañía que pude tener en este receso. No tienes nada que agradecer. Cuando uno quiere a alguien estas cosas salen sin planificación. Es la necesidad de estar y hacer sonreír a la persona que te importa. Un beso más grande que el que me acabas de enviar. ¡Duerme bien!*

Leí su mensaje más de una vez. Sentí sus ganas de hacerme sonreír tantas veces a través de sus gestos y sus preocupaciones. En el mensaje había fuerza y convicción. Me llevó a pensar que mi vida había sido terrible, caótica, desastrosa desde que Borja se fue, pero había lugar para la belleza, podía encontrar luz en el desorden y paz en el desastre.

Los siguientes días estuve con muchas cosas en la oficina. De hecho, llegando tuve que partir nuevamente a Manchester, esta vez con Valeria, una de las chicas que había ingresado a trabajar como analista en la empresa. En el tiempo que llevaba se había demostrado altamente competente, estaba cumpliendo con todas las expectativas y como el proyecto con Manchester estaba avanzando a pasos agigantados necesitaría más manos para poder avanzar. Estábamos viendo la posibilidad de hacer una alianza con una empresa de aguas de la ciudad, en pleno proceso de *Join Venture*. Un acuerdo comercial de inversión conjunta entre ambas empresas, por lo que esta vez, estaríamos evaluando la factibilidad del proyecto. Valeria había estudiado en Estados Unidos unos años. Su inglés era fluido, me cuadró perfecto su contratación. En el viaje, a pesar de que estuvimos llenas de reuniones, visitas a la planta productiva y mucho estudio, logré conocerla más. Una chica joven que había salido de la universidad hacía un año. Me recordaba mis inicios porque no había pasado tanto tiempo de haber estado en su lugar. Agradecí a las compañías en las que estuve, donde había logrado aprender y tener una buena escuela, porque esperaba ser un aporte para el desarrollo de Valeria. Hablamos de su vida. Estaba de novia hacía dos años. Al escuchar de sus proyectos en conjunto, sus planes, me hizo recordar lo que había vivido con Borja y la suerte que tuve de haber compartido con él esos momentos. Esta vez recordé con alegría y cierta paz. Comencé a visualizar una luz al final del túnel, entendiendo que, si Borja no hubiese pasado por mi vida, si no hubiésemos compartido, no sería la persona que era. Siempre me motivó, me entregaba seguridad para asumir riesgos, esa confianza que me hacía sentir respecto de mis capacidades como profesional. Me impulsaba, era mi motor. Entendí que me dejó con una seguridad que no había notado, hasta que sostuve la conversación con Valeria.

Después de cinco días en Manchester, volvimos a Madrid con un completo informe que entregar a Patricia, para que ella lo presentara al Directorio, aunque antes de eso ella también viajaría a un par de reuniones específicas. Hacíamos un buen equipo. A veces el trabajo era extenuante, pero se avanzaba, y lo mejor de todo, era que me gustaba lo que hacía. Un punto a favor en mi vida.

Ese fin de semana tuvimos clases. Mis compañeros de estudio se habían juntado durante los días que yo no había estado por el viaje. Me habían mandado toda la información, que había alcanzado a ver por encima, sin mucha profundidad, por falta de tiempo. Estábamos con muchos proyectos y trabajos en el MBA.

Luego de la clase del día sábado, nos juntamos a terminar lo que teníamos pendiente. Estábamos un poco atrasados, ya que en el receso no nos dedicamos a estudiar. Tendríamos que ponernos al día. Esta vez nos juntamos en la casa de Andrés, ya que era un poco más cerca de la escuela de negocios que la mía. Estábamos tan en contra del tiempo que cada minuto valía. Estuvimos pegados hasta pasadas las cuatro de la mañana. Varios cafés nos ayudaron a mantener el ritmo, aunque algunos de los «mosqueperros», lo combinaban con cerveza. Lo bueno es que, a pesar de eso, nos rindió bastante.

Daniel me fue a dejar a mi casa. Llegué muerta, tan cansada que decidí tomarme una ducha para relajarme antes de dormir. Siempre analizaba, planificaba, pensaba en la ducha. No sé por qué, pero era recurrente en mí. Ese día pensé que Andrés estaba especialmente estupendo, cuando llegamos a su departamento se cambió de ropa, se puso unos *shorts* y una polera bien informal. Me trajo recuerdos. Me gustaba verlo en esa faceta, me recordaba a cuando éramos unos críos, cuando lo seguía con la mirada. Ahora me estaba pasando exactamente lo mismo. Me reí sola.

Nico me había llamado para salir en más de una ocasión. Había estado con tantos temas en el trabajo y en los estudios que no logramos vernos. Siempre hablábamos, él siempre estaba pendiente de mí. Había conocido a una chica y quería que la conociera. Sinceramente quería verlo con ella, era un excelente amigo, merecía la felicidad. Con esto comprobaba que lo que decía Andrés era un error. Pienso que si nos hubiese conocido antes habría entendido mejor el tipo de relación que llevábamos. Esto demostraba, que para mis amigas era de lo más normal la cercanía que teníamos Nico y yo, jamás pensaron que pudiese haber un interés.

Tuve una sesión con Berni. Me encantaba ir a su consulta, a pesar de que la estaba necesitando menos. Habíamos distanciado los encuentros y en ese específicamente hablamos del duelo y sus etapas. Ella me fue relatando como era distinto para cada persona, cada situación, el cómo había ocurrido, a la edad en la que le había tocado vivirlo. Ante una impresión tan grande como el quedar viuda de un momento a otro, lo primero que sucede es el *shock*. Luego la negación, la incredulidad. Tantas veces pensé que era un mal sueño, no quería aceptar la muerte. Aunque en un momento quise eliminar todo, saqué las fotos y lo que me recordara a él, solo sirvió para taparlo momentáneamente. Después vino la culpa, pensar en las cosas pendientes que quedaron por conversar, algo que decirse o sentir que hubo que dedicarle más tiempo a esa persona que ya no estaba a tu lado. Afortunadamente, no sentí que me hubiese faltado algo que decirle a Borja. Se lo dije todo, no había cosas que perdonar, no tenía nada que recriminarme, eso me alivió mucho. Solo nos faltó tiempo, eso no lo podía controlar. Algunas veces, me cuestioné que hubiese pasado si Borja se hubiese hecho exámenes previos. Nunca quise profundizar en ese punto, ya no estaba, que sacaba con ello. Por otra parte, era tan joven, no pensé jamás en eso. La depresión la viví en profundidad. Estuve sumergida en ella, en la tristeza profunda, con esa sensación de vacío y emociones vinculadas a la profunda pena. El sentir que no podía seguir adelante sin él. Luego, Berni me habló de la aceptación, del aprender a vivir con el dolor emocional, a lo que le llamé navegar la ola y recuperar la capacidad de experimentar alegría y placer. Y sí, había logrado alcanzar momentos de alegría, algo que por un largo tiempo no había podido. Siempre me hacía tan bien hablar con ella. Su apoyo había sido incalculable. Ese mismo día me di cuenta que llevaba más de un año y cinco meses sin Borja a mi lado.

Pasaron los días rápido. Todas las responsabilidades hacían que los días volaran. Andrés siempre me escribía, pero no nos habíamos visto más que para estudiar. Hasta que lo llamé un jueves, después de tanto estudio y decidimos tomarlo libre. Estábamos un poco sobrepasados y necesitábamos retomar fuerzas.

—Andrés, hola ¿Cómo estás? Quería saber qué haces hoy. Podríamos salir a tomar algo, aprovechando que no vamos a estudiar.

—Hola, Vicky. Me hubiese encantado, pero no puedo. Me he comprometido para ir al cine con una amiga.

—¡Ah! Bueno, será en otra oportunidad. Que lo pases bien.

Corté el teléfono. Había pasado un mes desde que habíamos llegado de Asunción. Me sentí tan mal, me dio pena, quería verlo, no quería perderlo, a pesar que nunca me había dicho nada concreto. A veces, había que aprender a leer las señales, las de él habían sido contundentes. El tiempo podía jugar en forma determinante una vez más. No estaría ahí toda la vida si yo no respondía a esas señales, era lógico. Comencé a sentir tristeza. Mi cuerpo comenzó a reaccionar, lágrimas comenzaron a caer por mi cara. ¡Sí!, estaba llorando y esta vez no por Borja, sino por Andrés. ¿Qué me estaba pasando? ¿Podría querer a Andrés aun queriendo a Borja?

Esa noche no logré conciliar el sueño. No paraba de especular. El solo pensar que Andrés pudiese estar con otra mujer me estaba destruyendo. Me bajó una sensación de desesperación, de angustia. Mis recuerdos pasaban de Borja hacia Andrés y de Andrés hacia Borja, de forma simultánea. Veía episodios de mi vida que había vivido con cada uno de ellos como si fuese una película.

## PEQUEÑOS CAMBIOS

Al día siguiente, no fui a trabajar y tampoco a clases en la tarde. Estaba consumida por mis pensamientos, necesitaba descansar, estaba con el alma colapsada. En vez de hacer mi rutina de todos los días, sin siquiera pensarlo ni planificarlo, tomé mis cosas y salí. El camino me llevó al cementerio. Había estado acá solo en dos ocasiones. En realidad, solo en una, al año del fallecimiento de Borja, porque para su funeral prácticamente no había estado. En ese difícil momento no estaba consciente. El día estaba grisáceo, sombrío, compungido y yo estaba igual. No había rayos de sol en mi vida en esos instantes, pero si había recibido el calor de la radiación deliciosa que tanto amaba. ¡Sí! los había tenido en Asunción. Comprendí que para verlos tendría que permitirles entrar porque, aunque estuviesen, si los tapaba no los podría advertir y, lo peor de todo, no los podría sentir.

Esta vez, al caminar por el cementerio, no sentí los árboles cayendo sobre mí. No sentí ese laberinto que me había espantado, horrorizado. Esta vez fue distinto, me sentía liviana y calmada. Estaba comenzando a sentir una curiosa armonía en mi vida. Con las flores en la mano le hablé a Borja, mi Borja. Puse las flores sobre su lápida, la toqué con amor, como el que siempre le tuve, como el que aún le tengo, pero de una manera diferente, algo había cambiado. Su esencia seguía siendo la misma, estaba y estaría por siempre en mi corazón y nunca se iría de ahí, porque ese era el lugar desde donde me acompañaría hasta mi último día en el mundo. Luego le hablé. Habían sido los meses más difíciles y complicados de mi vida. Había conseguido seguir viviendo, fui a Manchester, Asunción, comencé a estudiar, fui ascendida en el trabajo y pude continuar sola. Esta vez lo hice desde mi corazón, no tomada de su mano. Al salir del cementerio estaba serena, tranquila, con el corazón en paz y reposada. Hacía demasiados meses que no había tenido tiempo para mí sola. El haberme pedido el día en la oficina para hacer lo que quisiera había sido una buena opción. Solo por un día quería estar completamente ausente de las planificaciones. Me di un permiso, era la primera vez que me permitía algo así, debería haberlo hecho antes. Vivía en la capital, donde había tantas cosas para hacer. Desde que había partido Borja no la había disfrutado. Mi vida era solo trabajo y estudio, no me había permitido hacer otras cosas.

Sin rumbo específico llegué al parque del Retiro. Tanto tiempo sin visitarlo. Entré por el sector de la puerta de Alcalá y seguí el camino de las preciosas flores. Se sentía el olor a primavera, los colores de las mismas mezcladas con el verde intenso me llevó a otro lugar. Me sentí bien conmigo, amé esta experiencia, hacía tanto que no me miraba internamente. Este camino de colores me llevó al estanque, el ambiente era tranquilo, escuchaba el ruido de unos pajaritos, veía a unas aves que se bañaban, una familia completa. El ruido del agua, de gente murmurando. Pude observar el ambiente sin ser la protagonista, era una sensación de completo agrado. Turistas pasaban en bicicletas y el viento suave acariciaba mi rostro. El día ya no estaba tan gris, unos tenues rayos de sol comenzaron a asomarse. Parejas, mayores y jóvenes, caminaban de la mano, me gustó verlos felices. Tuve la suerte de caminar con Borja por este parque, por HydePark en Londres, por las calles de Edimburgo, por Irlanda y por otras tantas partes. Me sentía afortunada de haberlo tenido en mi vida, siempre seguiría viviendo en mí. Nunca pensé que me sentiría como en ese momento.

Salí del parque y sin darme cuenta entré en una peluquería y me corté el largo cabello que llevaba, para ese momento, casi hasta la cintura. Ahora tendría un nuevo *look*. Me lo corté sobre los hombros, unos centímetros más abajo de las orejas. Me dejé una melena que me daba un toque diferente, un estilo distinto, cierta modernidad. Me gustó, me miré varias veces al espejo convencida del cambio, sin dudas. La larga coleta la entregué en el mismo lugar, sería usada para enfermos de cáncer. Se me removió el corazón, mis pensamientos se atormentaron, cuántas familias estarían pasando por momentos difíciles. Pensé en ellos y elevé una súplica de amor al cielo. Por aquellos que estarían pasando por duros momentos. Pensé en Borja, en que se fue de un momento a otro. Quizás con una enfermedad hay tiempo para despedirse, aunque la persona sufra. Borja pasó de una dimensión a otra en cosa de minutos, segundos. No había sufrido largos meses y agradecí por eso. Había sido como tenía que ser para él, era lo que nos tocó vivir.

Llegué a casa en la tarde. Escuchaba *Coldplay* y me acordé de nuestras visitas constantes a *Notting Hill*. Los acordes me llevaron a esos fines de semana en Londres, los que disfrutábamos recorriendo sus calles llenas de gente, de ropas y artículos antiguos para la venta, de las banderas del Reino Unido colgando y flameando. Su especial mercado acompañado de esas pequeñas casas de tres pisos de colores. Recordé con alegría y sin dolor. Había sido tan feliz con él, estaba con una sensación de agradecimiento completo. Comencé a ordenar. Arreglé mi escritorio que tenía muchos papeles acumulados. En mi agenda, donde tenía todo registrado, reuniones, pagos de cuentas, cumpleaños y demases, escribí ese viernes de junio: «hoy me siento realmente bien y me ha encantado mi nuevo *look*, me siento diferente». Por primera vez no había asistido al MBA y no me sentí culpable de hacerlo solo por haberme dado un momento para mí. Rato después, decidí dormir y lo hice en mi lado de la cama ¡Sí! En mi lado. No lo pensé, solo ocurrió. Desperté después de las 10 de la noche, que sensación más deliciosa, creo que no había tomado una siesta desde mi época de pregrado. Comencé a ver una película en *Netflix*. Estaba con una manta en la sala cuando decidí que tendría que comenzar a arreglarla. Haría algunos pequeños cambios. Mi casa estaba abandonada desde hacía unos cuantos meses. Resolví que debía ir a *Ikea* para comprar algunas cosas y que regalaría otras, que ya no me estaban acomodando. Mientras estaba descansando en mi casa, recibí un mensaje de Andrés.

Para: Victoria Bassi.
De: Andrés Ávila.

*Hola Vicky ¿Estas bien? ¿Por qué no viniste a clases? Te extraño...*

Para: Andrés Ávila.
De: Victoria Bassi.

*Todo bien Andrés, gracias por la preocupación. Me quise tomar un descanso, lo necesitaba. Ha sido bueno. Después me pondré al día. Un beso.*

Tomé una ducha, sin mojar el cabello, porque me había quedado hermoso. Mientras sentía el agua caer por mi cuerpo, valoré el día que había tenido. Me puse un pijama rosa con flores, de pantalón largo y polera manga corta. Me miré al espejo y vi mi nuevo cabello. Moví mi cabeza de un lado a otro. Disfruté del nuevo movimiento Me gustaba porque me veía distinta y eso me alegraba, me hacía sentir bien. Una vez en mi cama comencé a conciliar el sueño. Me sentía en paz, segura que podría dormir unas cuantas horas más en mi lado de la cama junto a Pepa, quien se acurrucó en el de Borja. Mientras me rendía en los brazos de Morfeo, escuché el timbre de casa. Lo ignoré pensando que se trataba de un sueño, hasta que volví a sentirlo. Me levanté medio confusa. Era Andrés que venía de clases.

Vestía con un estilo medio ejecutivo, con sus pantalones de tela azul formales y una camisa medio rosa.

—Vicky, estaba preocupado por ti. —me abrazó y sentí ese olor a seguridad que él me entregaba.

—Andrés, estoy bien. Te he mensajeado. Me tomé un día de descanso.

—Necesitaba ver con mis propios ojos que estabas bien ¡Ven acá! —de la mano me llevó hasta el sofá — ¿Qué has hecho hoy? ¿Y ese cabello? ¡Estás linda!

—Esta mañana decidí tomarme el día en la empresa. No tenía reuniones importantes, fue un impulso y me dispuse a hacer otras cosas.

—¡Cuéntame! —se acomodó en el sofá.

—En la mañana he ido al cementerio a ver a Borja. Ha sido diferente, le dejé flores. No percibí ese lugar como un laberinto sin salida, sentí calma y serenidad. Le agradecí por todo, le conté que he logrado avanzar, que estoy avanzando. —Andrés comenzó a acariciarme el cabello con delicadeza. Me gustó, estaba cómoda. Tanto así que me apoyé en su hombro —. Perdóname, Andrés. Por haberme alejado ese día en Asunción, diciéndote que no hablaras de Borja... lo siento.

—No hay nada que perdonar. No era el momento, no estabas preparada para hacerlo —me rodeó con sus brazos —. Puedo aguantar más tiempo si es necesario. —me dijo con seguridad.

—Fui un poco emocional en ese instante. No debí haber actuado así contigo. Creo que Borja si quiere que siga viviendo en vez de solo sobrevivir.

—¡Tranquila! Estoy seguro que es así.

—Luego he ido al parque del Retiro. He caminado y disfrutado del pulmón de la ciudad. Me hizo tan bien detenerme a observar las cosas desde otra perspectiva.

—Y te has cortado el cabello. Estás muy guapa, Vicky. Siempre lo has sido. Me encanta.

—Ha sido un impulso. Me siento cómoda, es como un nuevo comienzo. —ya estábamos tumbados en mi sofá. Su cariño me hacía sentir viva, estaba cómoda.

—Vicky, esta noche me quiero quedar junto a ti. Quiero acompañarte como tantas veces lo he querido. Podemos dormir acá, está muy agradable este sofá.

—Andrés ¿Y tu amiga del cine?

—No es nada serio, solo...

—Si supiera que estas acá conmigo seguro que no se alegraría ¿Quién es ella? —no pude evitar preguntarle. Me intrigaba que Andrés estuviese saliendo con otra chica.

—No hablemos de ella, es Adela, nada importante. —me molestó, aunque no quería que notara mi decepción. Decidí no tocar el tema.

Me levanté y preparé unas cosas para picar, junto a un vino carmenere chileno que tanto me gustaba. Conversamos mucho, de variados temas, del proceso que había estado viviendo estos últimos meses, me abrí completamente respecto a Borja. Andrés me hizo preguntas de varias vivencias que había tenido junto a él. Pasamos por varios momentos de mi vida: mi matrimonio, la vida en Londres y Madrid, lo que hacíamos, de la confianza que tuve en mi marido, de detalles que marcaron la diferencia y de momentos que hicieron especial mi vida junto a él. Fue la primera vez que le conté a Andrés todo lo lindo que me había dado Borja. Esta vez no hubo lágrimas, pena, angustia o paralización. Muy por el contrario, disfruté hablando de él y de compartir lo grata que había sido mi vida junto a Borja, quien además me acompañaría siempre... estaba clavado en mi corazón. Luego de esta tranquila y profunda conversación lo vi quedarse dormido. Estábamos en el sofá tapados por una manta. Cautivada por esa sensación de calma, observé su respiración tranquila mientras dormía. Seguí observando con curiosidad y asombro, era muy guapo, me entregaba serenidad, protección. Al día siguiente, nos levantamos muy temprano para ir a su casa antes de clases. Debía cambiarse de ropa, se puso unos *jeans* negros con una polera blanca y una chaqueta de cuero. Me encantaba verlo con una vestimenta más informal, era estupendo. Algunas veces, no podía dejar de mirarlo y estoy segura que se daba cuenta de aquello.

Los días fueron transcurriendo como de costumbre, afortunadamente, sin sobresaltos. Estaba alcanzando un nivel de tranquilidad que me comenzaba a impresionar. Ya no lloraba por Borja, no sentía esa pena que me consumía y paralizaba. Lograba hacer mis cosas estando más conectada, más consciente. Dejé de estar en ese estado de piloto automático, aquel que me consumió por tantos meses. El MBA estaba muy intenso, ya llevábamos más de cuatro meses estudiando. Se acercaba el verano y con él un pequeño receso, que me vendría muy bien.

Los trabajos en grupos se intensificaron, por lo que prácticamente todas las noches recibía a los chicos en casa. Debía tener la despensa llena porque comían mucho. Me provocaba risa, ya que, a diferencia de ellos, con una manzana quedaba lista. Estudiábamos muchísimo, la exigencia comenzó a ser cada vez más fuerte por parte de los profesores. Terminábamos reventados. Solo quería acabar para gozar de unas cortas vacaciones que me permitiesen tener solo una vida laboral, como el común de la gente. Andrés, siempre era el último en irse y generalmente me acompañaba a pasear a Pepa antes de acostarme. El clima estaba cada vez más agradable por lo que aprovechaba estas caminatas de noche. Hablábamos mucho, casi todas las mañanas recibía un mensaje de él, deseándome los buenos días. Su compañía me gustaba, aunque no quería conectarme mucho con él, pues sabía que salía con alguien.

## UNA SESIÓN DE TERAPIA REVELADORA

Fui a la consulta de Berni a una sesión donde por fin me sentí distinta, más segura. Había comenzado a asumir lo de Borja, ya no existía esa culpa que me liquidaba. Esa idea permanente que si pensaba en otra persona me hacía sentir infiel o el hecho de querer estar con alguien, era como hacerle un daño a Borja. Berni me lo clarificó más aún.

—Victoria ¿Y si hubiese sido al revés? Si tú hubieses partido ¿Qué te gustaría que hubiera hecho Borja?

—Querría que fuera feliz, que no paralizara sus sueños, que siguiera adelante con sus amistades, con su trabajo, con su vida. Que conociera a alguien y tuviese una familia, y los hijos que yo no alcancé a darle.

—Te has contestado sola, Vicky. Estoy segura que eso es lo que quiere él en estos momentos. Eres una mujer joven, tienes derecho a rehacer tu vida. Esto no es un viaje, una prueba, esto es algo concreto. Borja no va a volver, estuvo a tu lado y fueron felices, atesora eso... pero sigue adelante.

—A veces me siento preparada, otras veces no. Me cuesta imaginarme con otra persona. Pienso que nadie me va a amar como me amó él y no sé si podría amar a otro con la misma intensidad.

—Es que el amor no es así, no es comparable. Uno lo vive con distintas personas, en diferentes etapas de la vida y de múltiples formas. Es maravilloso ese regalo que tenemos los seres humanos, el de poder amar. Era Borja en ese momento, ahora podrá ser otra persona. No todo en la vida se limita a una planilla Excel exacta.

—Puede que tengas razón—dije cabizbaja.

—La tengo. He estudiado sobre las emociones durante toda mi vida, por algo te lo digo. Además, eres una persona muy joven y sin hijos. Es distinto el proceso de duelo de una viuda que queda sola a los 45 años con hijos, al que estás viviendo tú. Además, los tiempos no son los mismos. Debes comenzar a asumir que ya has aceptado el fallecimiento de tu marido. Hace algunas sesiones, he notado que te has superado mucho, pero tú misma te pones barreras. Esto no es exacto, hay matices, no son las finanzas, Victoria, es la vida, comienza a vivirla. Nadie se va a enojar contigo por querer ser feliz y darte una oportunidad. Nadie te va a cuestionar y menos debes hacerlo tú misma. ¡Acá lo que importa eres tú! No compares el amor por Borja con nadie, pues no será nunca el mismo. Nadie jamás sacará todo de tus vivencias con él, lo lindo que ese muchacho te entregó en este lugar. No serías la misma si él no se hubiese unido a tu camino cuando lo hizo.

—No me imagino haciendo el amor con otro, aunque puedo tener sentimientos por Andrés. —comenté jugando con un hilo suelto en mi chaqueta.

—No tienes que imaginarte las cosas, tienes que vivirlas cuando estés preparada para hacerlo, Vicky. Sin presiones, pero no puedes seguir así para siempre. Mírate, eres una mujer linda, buena, leal y has logrado avances. Hemos hecho una terapia desde adentro hacia afuera. Estoy segura que estás preparada para disfrutar un poco más, no para limitarte solo al trabajo y los estudios.

El fin de semana recibí una muy buena noticia. Mi amiga Vivi, luego de llevar mucho tiempo junto a Rodrigo, se casaría en una ceremonia muy pequeña en Madrid. Estarían invitados solo los familiares directos y los mejores amigos. ¡Qué alegría por ella! Fue emocionante escucharla al teléfono con ese nivel de intensidad que la caracterizaba. Ahora era el momento de acompañarla en todos sus preparativos para el evento, tal como ella lo hizo conmigo hace años. Ese mismo día, después de terminar las clases, fuimos a una celebración a casa de los novios. Nos reunimos con Cata y Fernando, Nicolás y su nueva conquista, a quien quería presentarme. Una chica un poco más joven que nosotras, María de Los Ángeles, que estaba estudiando para su examen final de Derecho. Rubia, alta, delgada y de mirada celeste, muy bonita. Me alegró verlos juntos. Invité a Andrés para que me acompañara, justo al salir de clases que fue en el momento que me mandaron un mensaje para avisarme de la espontánea celebración. Me comentó que se había comprometido con otra persona, pero que lo solucionaría. Tomó el celular y mandó un texto, no pude ver a quien lo dirigía.

—Andrés, si ya estabas comprometido con otra persona no te preocupes. Puedo ir sola.

—Ya está solucionado... ¡Vamos! Compremos algo para celebrar en la botillería de la esquina.

—¿Con quién tenías planes? No quiero interrumpirlos.

—Vicky, tu no interrumpes nada, quiero ir contigo.

—¿Eran con Adela? —no pensé, solo hablé. Una vez más me traicionó mi lengua. No debí preguntarle.

—Tú sabes que no miento, Vicky. Si, era con ella, pero ya está arreglado. —entonces me tomó de la mano dirigiéndose al local de licores, pero lo paré.

—Andrés, no quiero interponerme en tus planes. Si has vuelto con ella debes ir —insistí.

—Solo hemos salido dos veces. No hemos vuelto. —lo odié. No quería que estuviese con ella. Mi interior se estremeció. Me consumió un frío que recorrió mi cuerpo. No dije nada. Quizás notó mi malestar, no lo sé con certeza.

Compramos una botella de *Champagne*, unas cosas para picar y nos fuimos a ver a los chicos. Cuando llegamos el ambiente era festivo. Estaban todos contentos, la música sonaba fuerte, y había botellas y copas sobre la mesa. Apenas entramos por la puerta mi amiga saltó a recibirnos. La abracé y felicité con toda la alegría. Ella comenzó a saltar y a mostrarme el maravilloso anillo que llevaba en su mano. Tenía cinco brillantes grandes, más dos hileras con otros pequeños. Una de ellas por sobre; y la otra, por debajo de los más grandes. Era una joya preciosa. Vivi la lucía con estilo junto a sus uñas pintadas de un rosa tenue, estaba dichosa. Rodrigo dijo unas palabras, agradeciendo que los acompañáramos en ese momento de alegría. Con seguridad recalcó que era uno de los días más felices de su vida y que estaba ansioso de formalizar tan linda relación, que esperaba armar una familia con hijos y un perro.

Mis amigas alabaron mi nuevo estilo. Me aseguraron que me veía mejor con el cabello corto. Hicieron que me subiera el ego, me sentí segura. Andrés, comenzó a hablarme en secreto.

—¡Era verdad! Pensé que Nicolás tenía otras intenciones contigo. Me molestaba de solo pensarlo. —estaba serio.

—¡Te lo dije! Siempre hemos sido solo amigos, es una gran persona. Me alegro mucho por él que esté con esta chica.

—Yo me alegro más, así no te molestará. —dijo sonriente, clavando sus ojos en los míos. No se como lo hacía, pero se metía en mí a través de esa mirada sensual y penetrante.

—Sólo me ha apoyado, nunca ha sido molestia. —le recalqué.

—Para ti no, Vicky, pero para mí sí. Llegué a pensar que estabas con él.

—No, nada que ver. Nunca he sentido nada más que amistad por Nico, es más, estoy feliz por él. María de los Ángeles demuestra ser cariñosa y atenta con él, eso me gusta. —sonreí.

—¿Has sentido algo más por otra persona después de Borja? — su pregunta me descolocó. Estábamos algo bebidos, la verdad es que no habíamos parado de tomar desde que pusimos los pies en ese departamento. Comencé a sentir que se me movía todo, no sabía si por su pregunta o por el alcohol.

—¡Creo que sí! —contesté con sinceridad. Esta vez penetrando su mirada, así como el hacía con la suya, llegando hasta el alma.

—¿Crees o estás segura? —no sabía que responder en ese momento. No dije nada y miré hacia el techo como pensativa. — ¿No sabes? —tenía que frenarlo en el instante.

—¿Sientes algo por Adela?¿La quieres? —acusé.

—No, no la quiero.

—¿Estás seguro?

—¡Vámonos de aquí, esta conversación no puede seguir en este lugar! —me tomó la mano con seguridad y decisión. Nos despedimos de todos y salimos del departamento. Mis amigas me miraron y pude entender lo que querían saber, solo les abrí los ojos, explicándoles que ni yo sabía con claridad lo que estaba sucediendo.

Seguimos de la mano hasta que paró un taxi y le entregó su dirección. Sentados atrás, uno junto al otro, lo pude sentir más cerca. Su olor me embargó, olía tan rico, a hombre. En el trayecto me abrazó y me besó en la mejilla. Me sobresalté, pero me gustó su tierno beso. Estaba muy nerviosa y confundida.

Llegamos a su casa y seguimos tomados de la mano, mientras subíamos en el ascensor. Me miró fijamente, pero yo no podía mantener la mirada, estaba nerviosa como una niña. Comencé a mirar los zapatos que llevaba puestos. Su *loft*, como siempre, estaba ordenado, impecable. La decoración me parecía tan varonil y masculina, se respiraba su olor y esencia, me encantaba. Me invitó a quedarme en el lugar. Me senté en su sofá frente a la televisión, mientras mi cabeza pensaba sin parar sin llegar a ninguna conclusión lógica mas que las ganas de estar mas cerca de él. Mientras Andrés fue a la cocina, que era de concepto abierto, lo observé abriendo otra botella de vino tinto que no sabía si sería capaz de tomar. Para mi suerte, también abrió una lata de bebida que sirvió en un vaso con hielo. Me conocía bien y sabía que a esas alturas tendría que ir alternando entre ambos brebajes para lograr sobrevivir y no caer inconsciente, al menos no por la culpa del alcohol. Las dejó sobre la mesa y pensé que debía pararme e ir por ellas, pero no fui capaz. Andrés se dio cuenta y vino por mí para llevarme de la mano a la mesa. Su mano era suave, calmaba las revoluciones que sentía en mi interior. Me ofreció una silla y se sentó frente a mí. Desde su celular, puso música de fondo a un volumen suave. A lo lejos escucho *"Some Kind of Love"*, del grupo The Killers.

—Vicky, escúchame, no hay nada con Adela. —me dijo sinceramente.

—Andrés, vi cómo te miraba en la fiesta de Cristián. De esa manera solo mira una mujer enamorada, sé reconocerlo. —ignoro su mirada.

—Yo no estoy enamorado de ella, Vicky. —suelta con convicción.

—¡Pero igual sales con ella! Sabes que, Andrés, creo que esta conversación es un error. No es algo en lo que deba meterme. Además, he bebido mucho, no estoy con claridad mental en estos momentos—hago el ademán de pararme.

—Como te dije, he salido con ella en dos ocasiones. —me para.

—¿Te acostaste con ella? —claramente estaba más ebria de lo que creía, como pude hacerle esa pregunta. Dios, la estaba cagando. Mis celos me estaban llevando por un mal camino, no podía evitarlo.

—¡Eso no tiene importancia! —entendí que si habían estado juntos. Me molestaba, aunque yo no había hecho nada para estar con él —. Ese no es el punto, Vicky. No la quiero a ella. No me proyecto con ella. No me hace soñar por las noches. No la admiro... No me gusta.

—¿Por qué me dices estas cosas? Yo no debería meterme en tu vida sexual, cada uno hace lo que le parece. Tú no me preguntas con quien me acuesto... perdona. No debí entrar ahí. —traté de retractarme, pero no funcionó.

—¿Has estado con alguien después de Borja?

—¡No! —me hubiese gustado tener alguna historia que contar, pero no había nada. Me tomé lo que me quedaba de bebida y me levanté para irme. No íbamos a llegar a ninguna parte. Él tomó de mi brazo con fuerza y me arrastró hacia su cuerpo. Sentí mariposas y un calor extraño se apoderó de mí, recorriéndome desde los pies a la cabeza.

—Vicky, tú eres con quien quiero estar. Puedo esperarte el tiempo que sea necesario. —me dijo con voz ronca y suave. Mientras ahora la música pasaba *"Be Still"* del mismo grupo.

—¡No te entiendo! ¡Me esperas a mí en la cama de Adela!. Las cosas no funcionan así —dije furiosa. El calor ahora se convertía en vapor elevándose a mi cabeza.

—Lo de Adela no fue nada serio. Ella sabe que es solo sexo. —me estaba matando.

—Veo que tenemos puntos de vista totalmente diferentes de las cosas. Mientras no tengamos una mirada común, no podremos tener nada. Puedes dejar de esperar. —estaba enojada, molesta, desilusionada y claramente celosa.

—Vicky, solo contéstame ¿Me quieres? —aún me tenía entre sus brazos. Su mirada rogaba una respuesta.

—Sí, Andrés, te quiero y mucho. —susurré las palabras.

—¿Cómo me quieres? Dime, Vicky...—sonaba desesperado.

—¡Te quiero como quiero a Borja! ¡Como quise a Borja! —solté las frases en gritos desesperados, me estaba asfixiando lentamente.

—Yo te quiero más aún. —entonces, me besó. Rozó mis labios con una morbosa exigencia y me devoró la boca con un beso abrazador. Solo pasaba por mi mente la sensación tan placentera que me hacía sentir. Andrés se apoderó de mi mente y de mi cuerpo, solo al tocar sus labios con los míos.

Después de ese beso fogoso, lleno de tantos sentimientos, a pesar de que no quería irme, salí por la puerta sin mirar atrás. Corrí como una niña asustada, subí sin pensarlo a un taxi y me fui. En el camino, apoyada en la ventana, contemplé las luces del corto trayecto. Sumergida en mi mundo, pensaba en lo que había sentido a su contacto. Había pasado tanto tiempo que prácticamente había olvidado lo que era estar así de cerca de la persona que uno quiere. Un sentimiento me revolvió el estómago por completo. Recordé nuestros primeros encuentros en Asunción y la primera vez que me besó camino a su casa. Me sentí igual de ansiosa, que de niña, en este momento, más de diez años después. Quería quedarme, pero no pude hacerlo. No por Borja, esta vez fue por mí.

Al día siguiente me llamó Vivi, después del mediodía. Seguro que la celebración duró hasta muy tarde.

—Vicky. —su voz era somnolienta —. Amiga, qué ha pasado entre tú y Andrés.

—Hemos ido a su casa y me ha besado. Lo quiero Vivi, hace tanto tiempo que no sentía lo que es estar así con alguien. —respondí risueña.

—Pero eso es increíble. Se ve que es mutuo. Hace unas semanas que te dije que notaba como te miraba. Parece que la única que no se daba cuenta eras tú. —sonaba a que estaba sonriendo.

—Es que sale con Adela, según él, no es nada formal, pero no puedo si esta ella entre nosotros, aunque sea algo informal.

—Creo que necesitan conversar. Tampoco te iba a estar esperando toda la vida Vicky, te lo dije muchas veces. ¡Reacciona!

–Lo sé… mejor iré a caminar. Me hará bien tomar un poco de aire, además, la primavera ha llegado, sacaré a mi perrita.

Salí con Pepa a dar un paseo por un pequeño parque que estaba cerca de casa. La ciudad había cambiado, las flores de la primavera la decoraban con cierta alegría y colorido. Era curioso, en mi vida había pasado algo parecido. Ya no estaba sumergida en el dolor, en ese frío que no podía soportar, había avanzado. Tendría que comenzar a tejer el propio colorido de mi vida y dependería, en gran parte, de los colores que eligiese. Pasé mucho rato mirando a la gente, a las parejas de la mano, a las madres llevando los coches, esos pequeños bebés que estaban comenzando a vivir, parejas besándose, parejas corriendo juntos, padres jugando a la pelota con sus hijos, niños llorando en brazos de sus mamás, ancianos caminando de la mano. Tantas imágenes de la vida en sus distintas formas.

Para: Victoria Bassi.
De: Andrés Ávila.
*Vicky quiero verte. No acepto un no como respuesta. Te espero en mi casa a las siete de la tarde. Tendré algo rico para comer. Necesitamos hablar. Te conozco demasiado bien, puedo leer lo que hay en esa cabecita. Te quiero.*

Al recibir su mensaje me impresioné. Era verdad, teníamos que hablar y yo también lo quería. Me acordaba de las palabras de Vivi, que reaccionara, que no estaría todo el tiempo esperándome, que podría perderlo si no hacía algo para demostrarle lo que estaba sintiendo por él.

Para: Andrés Ávila.
De: Victoria Bassi.
*¿Cómo es que puedes leer mi mente? No creo que puedas. A veces ni yo misma me entiendo.*

Para: Victoria Bassi.
De: Andrés Ávila.
*Puedo hacerlo, es la conexión que me une a ti. No acepto un no, acuérdate de eso... y acuérdate que te quiero.*

Para: Andrés Ávila.
De: Victoria Bassi.
*Te parece bien que lleve postre. ¿Qué te gustaría, torta o helado?*

Para: Victoria Bassi.
De: Andrés Ávila.
*Helado. Acuérdate que siempre fui fanático de Doña Ángela de Asunción, que pena que no esté aquí. Además, el tiempo está por fin para tomar helados.*

Es verdad, siempre íbamos a tomar esos helados artesanales que tanto le gustaban. Me trajo recuerdos lindos, de esos tiempos de adolescentes. Una oleada de felicidad me invadió.

Para: Andrés Ávila.
De: Victoria Bassi.
*Si recuerdo. Hay cosas que no olvido. El día esta sensacional, estoy con Pepa en el parque, está lleno de niños jugando. Ha comenzado a llegar el buen clima.*

Para: Victoria Bassi.

De: Andrés Ávila.

*Espero que no te olvides de mí. Algún día iremos al parque, igual que esos padres de familia con sus niños. Es solo una cosa de tiempo. Te quiero. Dime algo, ¿No sientes nada por mí? ¿Me quieres?*

Sabía lo que sentía por él, lo tenía claro. Ayer se lo dije con todas sus letras, quiere que lo vuelva a repetir, pero no quise hacerlo. Pienso que no era el momento de hablar de eso. Antes deberíamos conversar, pero en un instante mi impulso me llevó a escribir y a enviar, ya estaba hecho. El impulso pudo más que mi cabeza.

Para: Andrés Ávila.

De: Victoria Bassi.

*Sí, te quiero Andrés ¡Te quiero mucho!*

Apenas mandé el mensaje, me llamó Cata.

—¡Vicky! Cuéntamelo todo. ¿Te sacaste las telas de araña? —tan específica que era mi amiga.

—¡Estás loca! No, nada de eso. —me reí.

—¿Entonces qué ha pasado? —insistió.

—Nos fuimos a su casa, estuvimos hablando, me besó, me gustó y...—no terminé la frase, no había más.

—¿Se besaron y no se acostaron? Vicky, ya eres una adulta, no te pases con esos rollos que te atormentaban cuando éramos unas niñas—casi podía ver su cara de espanto.

—¡No nada de eso! Aunque no me imagino teniendo sexo con nadie.

—Se entiende, pero tampoco queremos que seas una solterona por el resto de tu existencia. No queremos verte llena de perros y gatos.

—No se trata de eso, es que...—suspiré.

—¿Qué pasa?

—Ha vuelto a salir con Adela. Se han estado viendo. Me dice que no la quiere, pero no sé...

—Deben hablar. Anda a buscarlo y, de paso, te pones la ropa interior más linda que tengas.

—¡Entre tú y Vivi me van a volver loca!

—Nada de eso, solo queremos que avances y que no vayas a perder a Andrés que es un tipo de primera.

Corté la llamada. Cata me hizo reír y pensar en la ropa interior linda. En todos estos meses no me había dado ni cuenta de lo que me ponía por las mañanas o si combinaba la braguita con el sujetador. Me fui a ver los mensajes. Me había llegado uno de Andrés.

Para: Victoria Bassi.
De: Andrés Ávila.

*Vicky, me has hecho feliz. Gracias por quererme. Quiero tenerte cerca y poder abrazarte. No hay apuro, puedo esperar lo que necesites... Agradezco que hayas vuelto a mi vida, aunque aún no pueda tenerte completamente.*

Leí el mensaje una, dos, tres veces. Me gustó. Me arreglé lo mejor que pude, me puse mis *jeans* negros, esos que me daban seguridad, me maquillé, pasé a comprar helados y me fui llena de ilusión a su casa.

Al llegar toqué el timbre, pasándome miles de películas románticas por mi cabeza. Me abrió con una cara extraña, no era el de siempre. No supe descifrar que estaba pasando, hasta que una vez dentro lo entendí, estaba Adela. Al verme se paró de inmediato y sin despedirse, salió de ahí rozándome el hombro en una clara señal de disgusto. Me quedé helada, como un témpano de hielo. No entendía lo que estaba pasando.

—¿Qué ha pasado, Andrés? ¿Qué ha sido eso? ¿Por qué se fue de esa manera? —dije desconcertada.

—Ha venido a hablar conmigo— su voz sonaba estrangulada.

—Sí ya veo... Al parecer estaba muy molesta, por la manera de salir de tu casa.

—Vino a decirme que está embarazada. —soltó sin preámbulo. Sentí que todo lo que estaba dispuesta a tener con Andrés, acababa de irse al carajo. Me senté sin decir una sola palabra. Me estaba muriendo por dentro. Nuevamente, me invadió esa sensación de tristeza y no por el bebé, que era un inocente sin culpa, sino que por la historia que había imaginado con él y que ya no podría ser. Para colmo, en ese momento no podía dejar de pensar en ese beso intenso que nos habíamos dado la noche anterior, que me había dejado con ganas de más, mucho más. Se dio cuenta de mi estado.

—Vicky, no puede ser ¡No puede estar embarazada! No puede ser mío. —decía desesperado.

—Andrés, se trata de un bebé no hables así. Si es tuyo tendrás que hacerte cargo. Lo que si me queda claro es que nadie se embaraza a estas alturas de la vida sin querer. —Dios, me estaba muriendo. Mi corazón iba a explotar. La angustia me abrumó.

—Pero no es mío. Estoy seguro de eso ¡Siempre me cuidé!

—Andrés, no quiero detalles de tu vida sexual con ella. Es mejor que me vaya. —tomé mis cosas y me fui.

Que bofetada me estaba dando la vida en esos momentos. Si me hubiese acercado a Andrés después del viaje a Asunción, tal vez esto no estaría pasando. Quizás la embarazada sería yo y no ella ¡Cómo era la vida! ¡Cómo nos sorprendía en el momento menos indicado!... me estaba destruyendo. Me había costado tanto volver a confiar en una oportunidad para que —en un segundo— todo se escapara de mi ámbito de acción.

Hablé con Vivi y Cata entre llantos y sollozos. Llegaron a acompañarme a mi casa, sabían que las necesitaba. Hablamos muchísimo. También dejé escapar los sentimientos que me embargaban. Lloré como tantas veces lo había hecho en los brazos de mis amigas. Ellas me decían que no me alejara de él, que no estaría con ella por un hijo, pero no quería negarle a ese niño la oportunidad de tener a sus padres juntos. Si tomaban esa decisión no debía ser por mí, tenía que salir de ahí. Una vez más los tiempos no habían calzado, no fueron perfectos.

## LONDRES

Necesitaba arrancar literalmente a tomar nuevos aires. Decidí ir a ver a Eugenia a Londres, aquella ciudad que había marcado tanto mi vida, había sido feliz ahí. Tomé un avión y llegué a la casa de mi amiga. Cariñosa, como de costumbre y con empatía que la caracterizaba, me hizo sentir en casa. Conversamos de muchos temas, del proceso del duelo, de mis terapias con Berni, del trabajo, del MBA, de todo lo que había ocurrido durante este tiempo. También recordamos el pasado y los viajes que hicimos junto a ellos cuando vivíamos en Londres, lo bien que nos llevábamos los 4 y las buenas experiencias que vivimos. Fue emocionante. Incluso Eugenia abrió su *notebook* y vimos varias fotos entre recuerdos y risas.

Eugenia estaba embarazada de seis meses. La acompañé a comprar algunas cosas para su hija, que se llamaría Antonella. Visitamos varias tiendas de bebés, fue muy grato acompañarla, aunque haya sido solo por dos días. Estuvimos solas la mayor parte del tiempo porque Mateo estaba fuera de la ciudad por trabajo, lo cual nos dio cierta libertad de horarios para salir sin tener nada planeado. Empecé a librarme de aquellas planificaciones constantes que no me aportaban en nada, es más, había comprobado que nada era absolutamente previsible y que existían miles de variables incontrolables.

Estar en esta ciudad después de tanto tiempo era algo extraño, sin embargo, lo disfruté. Fui en el momento adecuado. Si hubiese viajado unos pocos meses antes, no lo hubiese vivido de esa manera. Caminamos por HydePark, que era uno de mis lugares favoritos. El clima ayudó muchísimo, estaban esos rayos de sol que pocas veces al año se ven en Londres y que invitan a sus habitantes a disfrutarlos. Luego de su insistencia sobre que habláramos de mis sentimientos hacia Andrés, cedí.

—Vicky ¿Lo quieres? —preguntó.

—Euge, es tan complicado… —suspiré evitando su mirada.

—Siempre hemos estado en contacto y más aún desde la partida de Borja. Debo decir que nunca te vi mejor que cuando estabas con Andrés en las videollamadas. Te hace bien estar con él, Vicky. —me buscó la mirada y sonrió como lo haría alguien que tiene más información que la persona confusa —. Llegaste de Asunción diferente… yo me di cuenta de eso a pesar de la distancia. ¡Tus ojos brillaban, Vic!

—Pero ahora será papá con otra. Es demasiado complicado. No puedo alejarlo de ella. —respondí con frustración.

—Una mujer que se embaraza a estas alturas es porque quiere hacerlo. En estos tiempos, un hijo no amarra una relación. Puede ser un excelente padre, uno realmente presente, preocupado, amarlo con toda su alma, pero no a ella…son cosas independientes, Vic. —me explicó segura.

—Sí, es verdad lo que dices…—asentí sintiendo que mi frustración poco a poco se esfumaba.

—Aún no me has contestado la pregunta ¿Lo quieres, Vic?

—Sí, Euge, de eso estoy segura. Aunque huyera al fin del mundo pensaría en Andrés. No es posible sacarlo de mi mente, aunque he tratado. Me duele mucho la situación y sé que ese bebé no tiene la culpa de nada. No puedo decir lo mismo de esa mujer. —apreté mis manos empuñándolas.

—Tienes derecho a ser feliz amiga, no lo pierdas. —Euge sostuvo mis manos y me puse a llorar desconsoladamente. Traté de tranquilizarme, hasta que finalmente lo logré.

Mis compañeras de la constructora, Alice y Emma, fueron a visitarme a casa de Eugenia. Ambas estaban bien, fue una alegría verlas. Comencé a sentirme plena al compartir vivencias pasadas con personas que me habían aportado tan buenos momentos y recuerdos, los que estarían por siempre almacenados en mi corazón. Fue emocionante ver a las chicas. Alice también estaba embarazada, pero solo de tres meses. Irradiaba felicidad. Me causó mucha alegría saber que estaba feliz. Estaba rodeada de embarazos, curiosamente en las caminatas por la ciudad también había visto unas cuantas mujeres en ese estado, era como si el mundo me bombardeara con mensajes para recordarme que mi frustrado amor sería padre. No podía olvidarlo, por más que me arrancara a otro continente o tal vez a otro mundo.

Durante mi estadía en Londres, Andrés me envió un par de mensajes y probó suerte con varios llamados, pero decidí apagar el teléfono hasta el último día. Quería estar en una desconexión total, pues como solo serían unos pocos días de descanso, preferí evitar más distracciones, ya tenía suficiente.

Para: Victoria Bassi.
De: Andrés Ávila.
*Vicky, te he ido a ver de noche pensando que estarías en casa. Te estuve esperando un buen rato. Te escribí, pero tenías el teléfono apagado. Me preocupé y mensajeé a Vivi. Me contó que fuiste a ver a una amiga en Londres. Espero que estés pasando una buena estadía, cuando vuelvas tenemos que hablar, te quiero.*

Para: Andrés Ávila.
De: Victoria Bassi.
*Hola Andrés. Sí, estoy partiendo en unas pocas horas de vuelta a Madrid. Ha sido un viaje relámpago. He disfrutado mucho junto a mi amiga Eugenia. Ella y su marido eran los mejores amigos que teníamos Borja y yo, cuando vivíamos acá. Ha sido maravilloso verla. Además, está de seis meses de embarazo, hemos comprado varias cosas para su bebé. Una experiencia que me encantó compartir con ella. Cariños.*

Para: Victoria Bassi.

De: Andrés Ávila.

*Vicky, me alegro que haya sido un buen viaje. Te estaré esperando por estos lados. Un beso, de esos de verdad, reales como el de hace unos días.*

No contesté el mensaje. Me despedí de Eugenia deseándole lo mejor en la hermosa tarea de ser madre, estaba emocionada por ella. Luego, partí de vuelta a Madrid.

## MADRID

Al llegar estuve con muchísimo trabajo. Además, debíamos juntarnos con el grupo de estudio por el MBA. Lo bueno es que ya iba quedando menos y una vez finalizado, me había prometido hacer un viaje. Al día siguiente de la llegada, nos juntamos con el grupo en mi casa. Habíamos avanzado bastante de forma independiente, pero debíamos consolidar la información y ajustar los detalles. El primero en llegar a casa fue Daniel, luego se integraron Andrés y Cristián. Les tenía pizzas, cervezas y gaseosas. Fue una noche muy larga...terminamos pasadas las cuatro y media de la mañana.

A pesar de lo que estaba sucediendo con Andrés, en realidad lo que a mí me estaba pasando respecto de él, trabajamos muy bien en grupo. Lográbamos mantener el foco en el proyecto. Si, debo reconocer que mis miradas se iban a él, aunque trataba de controlarlas, pero no siempre era posible. Y es que justo me había comenzado a abrir para darnos una oportunidad, para comenzar a vivir algo juntos y se truncaron las cosas, incluso antes de comenzarlas. Sentía que la vida algunas veces era injusta. Ya había aprendido que existían temas que no eran controlables. Cuando se fueron, me quedé ordenando y lavando. Andrés me acompañó, no se fue con ellos. Tomó el paño de cocina y en silencio secó la loza.

—Vicky, necesitamos hablar. —pronunció decidido.

—Andrés, son casi las cinco de la mañana, tenemos clases temprano, no creo que sea un buen momento, es mejor que te vayas…
—traté de evitarlo.

—Es que no te das cuenta que necesito sacar todo lo que llevo dentro. Estos días han sido de una tremenda tensión para mí, lo he pasado pésimo. No soporto estar lejos de ti. Estos días sin verte, sin hablarte, se me han hecho eternos. No me iré hasta que hablemos.

—Es complicado, lo que ha sucedido en tu relación con Adela—me interrumpió visiblemente enojado.

—No hay, ni habrá una relación con ella.

—Te informo que tener un hijo con ella, hará que siempre seas parte de tu vida y eso no lo puedes cambiar. —dije en voz alta y segura.

—Solo quiero que sepas que es a ti a quien quiero, independiente de que ella esté embarazada. Yo sigo con dudas de que sea mío. Aunque lo sea, quiero compartir mi vida contigo, no con ella. —exclamó con seguridad.

—Yo creo que deberías pensar mejor lo que me estás diciendo. Lo ideal para un recién nacido es estar con sus padres juntos. En fin, es mejor que te vayas.

Andrés se fue con la mirada triste y cabizbajo. Se notaba que no estaba bien, pero en ese momento, yo no era la persona más indicada para poder ayudarlo porque estaba igual o peor que él. Me acosté con una pena inmensa tratando de conciliar el sueño, ya que en unas pocas horas debía levantarme. No pude evitar que las lágrimas bajaran por mis mejillas. Lo quería, ¿Por qué tenían que ser así las cosas?

Al día siguiente, nos vimos en la escuela. Por suerte nos fue muy bien en el proyecto, que trataba de un caso de negocios completo para el lanzamiento de una nueva línea de una empresa ya constituida en el mercado español. Nuestra presentación fue sólida, salimos bien parados de la interrogación de los profesores. Nos manejábamos bien, demostrábamos seguridad y nos apoyábamos entre nosotros. Eso nos ayudaba muchísimo, éramos un equipo robusto.

Al salir, lo único que quería era mi cama. Me di un baño, ni siquiera comí y me fui a dormir porque mi cuerpo necesitaba parar y descansar.

El domingo por la mañana, salí con Pepa al parque a dar un paseo. Luego me fui a almorzar con ella a una hamburguesería que me gustaba, que estaba cerca de casa y era *pet friendly*. Estando en ese lugar, me llamó mi madre para pedirme que me tomara unas vacaciones más largas. Ella pensaba que el picoteo de días no era bueno y que necesitaría una desconexión completa, quería que fuera a verlos a Chile, porque me extrañaban. Le expliqué que por el MBA no podía hacer eso. Estaba de acuerdo con ella, era necesario tener unas vacaciones de más de una semana, porque estaba con muchas cosas a la vez. Se notaba que me extrañaban, habían pasado años desde que fui a Chile, no porque no quisiera sino porque las circunstancias no lo habían permitido. Estaba con muchas cosas entre el trabajo y el MBA.

—Vicky, prométeme que vendrás a penas termines el MBA. —dijo mi mamá llorosa.

—Lo haré, mamá, pero aún me quedan unos meses. —respondí un poco triste con ella.

—Es que te extrañamos mucho.

—Lo haré, mamá, han sido tantas cosas en poco tiempo—comenté melancólica.

—Lo sé, amor, ya vas a estar más tranquila. —me dijo tratando de subirme el ánimo.

—¿Te has seguido viendo con Andrés? —me interrogó sorpresivamente.

—Claro, mamá, siempre, estudiamos juntos. —dije con una sonrisa en mi voz.

—No me refiero a eso, Vicky, sé que estudian juntos. Siempre fue un chico tan encantador... ¿Están juntos? — preguntó ansiosa

—Mamá...—regañé su intromisión.

—No tendría nada de malo mi amor. Al contrario, Vicky, date la oportunidad de ser feliz. Es lo que queremos y es lo que Borja querría para ti...—me devolvió el regaño con amor.

—Mamá, si sé que es lo que todos quieren, pero no sé... —respondí pensativa.

—Solo piénsalo, Vicky. Te mereces a alguien bueno como Andrés o la persona que elijas. Te amo mi chiquita. —colgó mientras me mandaba un beso a través del teléfono.

Al llegar a casa, Andrés estaba esperándome. Me saludó con un beso intenso y apretado en la mejilla, esos que llegan a descomponer un poco o que te hacen pedir más... cuando racionalmente tu cabeza dice otra cosa. Entramos al departamento y al pasar la puerta, Andrés me tomó con todas sus fuerzas, su intensidad me gustó. Intentó decir algo, pero sus palabras murieron en su garganta. Yo tampoco fui capaz de emitir palabra alguna, solamente fuimos capaces de mirarnos. Me atrapó con la intensidad de su mirada. No había necesidad de palabras. Nuestras miradas habían concordado en algo, la mejor manera que teníamos para expresarnos hoy, era a través de nuestros cuerpos. Queríamos hacer sentir al otro lo que no se podía expresar mediante las palabras. Nos queríamos, no tenía duda alguna de ello. Me tomó en forma posesiva, determinante. Pepa salió corriendo con la correa puesta, no alcancé a sacársela. Me besó con seguridad, quedé atónita, estupefacta. Se abrió un deseo profundo y poderoso en mi interior, algo que no sentía hace tiempo, demasiado tiempo. Era como un volcán recorriendo todo mi cuerpo, descongelándome por completo, llevándome a sentir a dejarme querer. Una parte de mí no quería arriesgarse nuevamente a enamorarse, a sentir, pero me dejé llevar. Se sentía correcto y placentero con Andrés. No había nada en mi cabeza más allá que el deseo de sentir y compartir lo que descubriéramos juntos. Desde hace años que no sentía mi cabeza tan liviana y mi piel tan sensible. Sin urgencia ni preámbulo alguno, terminamos haciendo el amor con ternura y constancia. Sintiendo esa complicidad que se sostenía a pesar de tanto tiempo, años. Andrés besaba con el corazón, eso lo sabía desde hacía más de diez años, comprobé que eso no había cambiado y entendí que hacia el amor de igual forma.

# PARTE CUATRO
## NOSOTROS

Fue un nuevo comienzo para nosotros, me dejé llevar por lo que sentía por él. No iba a permitirme perder a otra persona que quería cuando tenía la posibilidad de tenerlo a mi lado.

Al poco tiempo de haber comenzado nuestra relación, Adela le confesó a Andrés que el hijo que esperaba no era de él y para comprobarlo pedimos una prueba de ADN. Bajo ningún punto de vista, dejaríamos abierta una posibilidad. El examen comprobó lo dicho por ella. Pienso que quería retenerlo a su lado de una manera equivocada. Aunque me dio rabia, me esforcé por no emitir juicios. Este fue un tema que nos complicó mucho, sobre todo al principio de la relación, pero logramos salir adelante. Andrés en todo momento, me aseguró que no era suyo. Yo tenía más dudas que él.

—¡Vicky, se ha comprobado! No es mi hijo. Siempre lo supe y, en el caso hipotético que lo hubiese sido, jamás cambiaría lo que siento por ti. Jamás. Te amo, Vicky, nada podrá separarnos. —habló rápidamente y lleno de felicidad. Había en su palabra pura verdad.

—Te amo, Andrés. Me siento mucho más liviana al saber que no es tu hijo. Independiente de lo que dices respecto de si hubiese sido tuyo… igual me complicaba—le respondí cabizbaja.

—Vicky, dentro de poco tendremos nuestros propios hijos… quiero tener hijos contigo. —me levantó la cara.

—Andrés…, yo también quiero ser mamá. —dije entre lágrimas —. Tengo miedo por lo que viví con Borja, fue demasiado triste. No quiero que nos pase eso.

—Mi amor, eso no puedo asegurártelo. Lo intentaremos. Te amo, Vicky. Lo mejor que me pasó fue reencontrarte. —me habló mientras su mano acariciaba de forma conciliadora mi espalda.

—Ven, Andrés, abrázame como solo tú sabes hacerlo... mi primer amor. —nos estrechamos mutuamente.

## ANDRÉS

No podía perder a Vicky. Siempre había sido alguien especial en mi vida. De esos amores que jamás se olvidan y que guardas en una parte importante de tu corazón. Nos habíamos separado cuando aún éramos unos adolescentes, pero eso no significaba que había sido menos importante. Varias veces pensé en que sería de su vida, en como estaría, deseándole lo mejor y considerando que nos habíamos conocido demasiado pronto. Siempre tuve claro que, si hubiese sido unos años después, quizás la historia hubiese sido diferente.

Desde que la vi por primera vez en mi casa, junto a Flo, me gustó. La encontré preciosa, pero era pequeña para mí. Ya a los 15 años no pude aguantar más y me acerqué a ella en la fiesta de mi hermana. Era una niña angelical, yo me veía casándome con ella.

Cuando la divisé de lejos en el edificio del MBA no lo pude creer. Estuve mirándola un buen rato para estar seguro que no eran alucinaciones. Mi cuerpo se erizó al verla. Fue impactante, la había dejado de ver cuando era una niña, seguía igual de guapa, pero con una madurez que me cautivó. Se había convertido en una mujer con una belleza difícil de explicar y que me transportó a mis 17 años en segundos.

Todo lo que le tocó vivir fue muy fuerte, jamás pensé en una persona viuda a tan corta edad. Son cosas que simplemente no están en tu cabeza a esas alturas de la vida y que no dejan de impactarte. Estoy seguro que Borja la amó demasiado y no quiero competir con él. Llegamos en momentos distintos y estoy seguro que ambos concordaríamos en que lo importante, es hacerla feliz y entregarle todo el amor que ella merece, porque es una mujer excepcional. Vicky es una mujer que cautiva, que te enamora día a día. Extremadamente guapa, pero más que eso es una persona buena, sincera y transparente. Agradeceré siempre habérmela encontrado y de tenerla a mi lado.

En el viaje que hicimos a Asunción, comprobé que estaba enamorado de ella. No podía dejar de contemplarla y solo quería tenerla a mi lado, besarla y no dejarla ir de mis brazos. Tuve que ser muy cuidadoso y paciente, ya que estaba en pleno proceso de duelo por la muerte de Borja y no podía presionarla. Entendía que para ella serían momentos de reconexión con su interior, con lo que quisiera hacer y lo que se permitiera hacer. Por momentos, sentía que podíamos construir algo juntos, pero después se alejaba asustada sin dejarse querer por mí. Llegó un momento en el que pensé que sería muy difícil, sobre todo cuando Adela soltó la "bomba" sobre su embarazo. Mi mundo se vino abajo, lo que estaba empezando a tener con ella se iba por un tubo en cosa de segundos. Adela, se me insinuaba constantemente. La rechacé muchas veces, hasta que en una ocasión me dejé llevar y comenzamos a salir nuevamente, pero siempre pensé en Vicky. Quería que fuese ella, pero no se abría al amor que quería darle.

Siempre la he admirado, es una mujer de buenos sentimientos. Una vez juntos, ella se recriminaba que ese niño, que supuestamente era mío, no llegaría a un hogar con su padre y su madre. Me costó demasiado que entendiera que las cosas no se pueden forzar, simplemente, en el tema del amor y los sentimientos no es posible. Le prometí que sería un buen padre si es que ese hijo era mío, aunque siempre estuve seguro que no lo era. Siempre tomé todas las precauciones para no ser padre antes de encontrar a la mujer indicada y, definitivamente, esa mujer no era Adela, siempre lo supe.

Florencia, fue un gran apoyo en el proceso, poca gente te puede conocer tan bien como tu hermana. Siempre tuvimos una buena relación, la cual se vio afianzada cuando fuimos adultos. Me apoyó en el proceso de separación, asegurándome que si no era feliz no valía la pena estar con Amelia, mi ex mujer. A pesar de que hice lo posible para que las cosas funcionaran, fracasé en el intento. Nunca fui tan feliz como soy ahora, con ese amor que conocí hace tantos años en Asunción.

## CHILE
### MESES DESPUÉS

Había comprobado que, durante nuestra existencia en este mundo, sí era posible vivir más de una vida. Con Borja fui feliz, su pérdida fue difícil, espantosa e impactante, Seguía y seguiría en mi corazón hasta mi último día de vida. El haber encontrado a Andrés me permitió tener una nueva oportunidad. No estuvo exento de dificultades, claro que las hubo. Nos costó comenzar el camino juntos, pero llegó un momento en el que solo nos arriesgamos. Resultaba curioso que lo lógico era haberlo conversado, pero no lo hicimos y las cosas se fueron dando. Se armaron caminos desde aquel día en el que nos dejamos llevar y donde por fin acepté que lo quería y que no lo perdería. No podía dejarlo ir.

A Andrés la empresa lo trasladó a Chile, era un ascenso en su carrera, no fue algo que pidiera. Apenas terminamos el MBA nos vinimos a Santiago. Desarmé mi casa en Madrid. Vendí varias cosas y me traje otras pocas. Llegué al reencuentro con mi país después de tantos años fuera. Estuve algunos meses sin trabajo, los cuales me sirvieron para adaptarme, porque si bien se trataba de mis tierras, para mí era una experiencia completamente nueva. Nunca me imaginé que volvería a vivir en Santiago. La vida no dejó de sorprenderme. Ahora trabajo en la gerencia de finanzas de una empresa de publicidad. Hemos arrendado un departamento en el barrio el Golf, muy cerca de nuestros trabajos. Hacemos casi todo caminando. Pepa sigue acompañándonos en todas nuestras aventuras. Por suerte, Andrés siempre ha sido amante de los perros por lo que se lleva excelente con Pepa, que lo ama más que a mí. Una más de la familia, que duerme en medio de nuestra cama y pegada a Andrés.

Nuestro departamento ha quedado muy acogedor. Tiene vista a la cordillera, la que se ve nevada en invierno, algo que le encantó a Andrés. Hemos ido a esquiar, aunque nunca he sido muy fanática, pero a Andrés le gusta mucho.

—Vicky, me ha encantado tu país...—decía maravillado. Sus ojos brillaban más.

—Bueno, ahora es nuestra casa. ¿Qué te ha gustado más? —le seguí el juego, me encantaba verlo emocionado.

—Aparte de mi chilenita linda, me gusta porque puedes hacer esquí en el lago, tenemos el mar cerca y en invierno hay nieve, eso me gusta mucho. Sabes que siempre he amado el deporte. —respondió risueño.

—Para mí estar cerca de mis padres ha sido exquisito. —comenté contenta.

—Aprovecha, amor, que será por un tiempo. Tú sabes que quiero que volvamos a Asunción más adelante. —me dijo sonriente.

Estos meses he disfrutado el estar cerca de mis padres y de mi hermano. De esa vida en familia que por tanto tiempo no tuve y de la que, por largos años, permanecí alejada. Sigo en contacto permanente con Luisa y Vasco, la familia de Borja. Hablamos constantemente. Luisa pronto será abuela por tercera vez, lo que la tiene muy ilusionada. Me alegra saber que los nietos le llenan la vida y la ayudan a cargar con su pena.

Estoy enamorada de Andrés, es la persona que la vida me tenía guardada para estos momentos, para estos años de mi existencia. Cuando uno se enamora sabe cómo comienzan las cosas, pero no saben cómo terminan. Aunque no es algo que me preocupe en estos momentos, pues he aprendido a disfrutar lo que me toca y me siento grata con eso, me enorgullece verme desde otra perspectiva.

Este fin de semana nos vamos a Maintencillo, un balneario cerca del mar en la zona centro del país. Hemos arrendado un departamento con vista al mar, aunque no sea tiempo de playa, siempre nos ha gustado ser espontáneos y salir a pasar tiempo a solas. Es algo que hemos estado haciendo desde que terminamos el MBA, donde casi no teníamos tiempo libre y los estudios eran muy demandantes. Aunque nos hizo reencontrarnos y encontrarme.

Al fin llegamos a la playa, es casi de noche y hace frío. El departamento con vista al mar, está sobre un cerro. La vista al pacífico es alucinante, amo el mar en todas sus formas. El condominio se llama "Olas". La decoración del pequeño inmueble tiene estilo marinero, claramente lo deben usar en época de veraneo. Los sofás son blancos con cojines azules y la pared tiene unos timones y cuadros de nudos navales. He traído vino y un rico picoteo de quesos y jamones, que a Andrés le encanta. He preparado todo en la mesa de centro, mientras escuchamos Coldplay, puntualmente la canción *Proof*.

—Vicky, hagamos un brindis por este lugar, por estar juntos, por nuestra vida en Chile y porque afortunadamente nos ha ido bien en estos meses. Algo que parecía impensado hace un algún tiempo.

—Salud, mi amor. —elevé mi copa con agua.

—¿Por qué no tomas vino? ¿Te duele la cabeza? Ya te he dicho que deberías ir al doctor, que estás así hace un par de semanas, me preocupa.

—No es eso. Lo he hecho con agua porque no tomaré más vino—sonreí levemente.

—¡Pero si lo amas!

—Es que cuando amas más a otra persona te cuidas por ella. —Andrés tenía cara de confundido.

—¡Estoy embarazada, Andrés! —corrió a abrazarme mientras no paraba de reír —. He ido al doctor, me han hecho la ecografía y está todo bien. Seremos padres.

—Te amo, Vicky. Soy inmensamente feliz a tu lado y esta noticia es maravillosa. ¿Por qué no me contaste nada antes? —me interrogó parlanchín.

—Quería ir al doctor y sentirle el corazón. Estoy tan feliz, Andrés. —sonreí llorosa.

—Mi amor, mi Vicky… gracias por hacerme feliz. —me besó entre palabras.

—Andrés te adoro y gracias por mostrarme que en este camino sí hay otras vidas. Te amo con el alma "primer amor" de mi corazón. —respondí dejándome amar.

**FIN**

# AGRADECIMIENTOS

Al finalizar esta historia con estos personajes que me han calado el corazón, quiero agradecer a mi marido, Andrew Mac Gregor, por su paciencia durante estas semanas de trabajo y horas de desvelo. Su apoyo fue fundamental para impulsarme a tomar este desafío. No habría podido escribir este relato si no fuese por él. Gracias por creer siempre en mí.

A mis maravillosos hijos Alice, Emma y Liam, por entender que su mamá estaba sumergida entre lápices y borradores, creando una historia de amor. Sepan que con sus sonrisas, me impulsan a diario para seguir creciendo en este hermoso arte. ¡Los adoro!

A mis padres, Rodrigo y Carla, por enseñarme que nunca debía rendirme.

A mi hermano, Rodrigo, por ser un apoyo incondicional.

A mi amiga, Catalina Valderrama, especialmente por su comprensión, empatía y profunda amistad que ha perdurado desde hace tantos años, a pesar de la distancia.

A mi amiga, Viviana Araya, quien confió en mí desde el minuto uno y que con paciencia leyó cada página, a medida que el libro iba tomando forma.

A mi querida concuñada María Gracia Halabi por ayudarme con la edición.

Al hermoso Paraguay, por haberme regalado la dicha de vivir ahí por más de cinco años y aprender de su cultura, de su gente, sus paisajes y sus puestas de sol. Quise plasmar algo de ese maravilloso país en las letras que armaron la historia de superación de Victoria, dándole una magia especial a la novela.

A todas esas amistades que han pasado por mi vida dejándome como enseñanza el aprender a disfrutarla y agradecer por ella. ¡Los quiero!

Agradecer con el corazón, a todos los lectores y lectoras de esta historia, que escribí con tanto cariño para ustedes.

# SOBRE LA AUTORA

Mi nombre es María José Aguayo Bassi. Soy chilena residente en Bogotá, hace dos años. Tengo 45 años y tres hijos: Alice, Emma y Liam. Soy ingeniero comercial (Administradora de Empresas), profesión que siempre he desempeñado hasta que llegué a Bogotá. Mi interés en la escritura se remonta a mi época universitaria, donde por mucho tiempo me dediqué a escribir poesías que atesoraba conmigo, hasta que en la Navidad de 1999, se las regalé a mis abuelos como una muestra de cariño. Si bien la malla curricular de mi carrera incluía varios ramos matemáticos, en el camino, me fui dando cuenta que los que más me apasionaban eran aquellos del área humanista. Ahí era donde realmente se me hacía más fácil estudiar y entender en detalle lo que debía aprender y aplicar. Una vez egresada de la universidad dejé de escribir, no sin antes relatar un viaje a Europa que realicé a comienzos del año 2000, donde me preocupé de describir cada una de las impresiones vividas. Luego, comencé a trabajar y la loca vida laboral me consumió durante todo ese tiempo. Hasta hace dos años cuando, con mi marido, nos mudamos a Colombia y desde entonces no he vuelto a trabajar. Siempre me resultó fácil expresar mis sentimientos en un trozo de papel, con todo el amor impregnado en esas palabras que lograban darle vida a lo que mi cabeza pensaba en un momento determinado. Ahora, he decidido retomar este desafío literario con el propósito de poder compartirlo con mis familiares y amigos, teniendo la esperanza de poder dejar un poco de huella en ellos. Aunque sea con pequeñas líneas que los inviten a conocer, reflexionar y a soñar con… ¡La magia de las letras!

Made in the USA
Monee, IL
12 September 2021